prelude 前奏曲

愁堂れな

幻冬舎ルチル文庫

CONTENTS ✦目次✦

prelude 前奏曲

✦カバーデザイン＝清水香苗（CoCo.Design）
✦ブックデザイン＝まるか工房

イラスト・水名瀬雅良✦

prelude 前奏曲

1

総合商社に勤めたからには、駐在や転勤は避けようがないものと覚悟していた。

噂によると当社では、国内外を問わず本社を一度は離れないと役員にはなれないという。自分の能力を鑑みるに、将来役員になれるとはとても思えないが、それをさておいても今回の名古屋転勤はその条件をクリアしたとはいえないんじゃないかというほど、短期間だった。

東京に戻るのに引っ越しを手伝ってもらった弟の浩二《こうじ》にも、

「兄貴、一体何があったの?」

と随分詮索された。が、事情が事情なだけに、いくら兄弟とはいえ明かすことはできなかった。

発令を見た同期からも、『お帰り』メールが次々届いたが、皆が皆、早すぎる東京復帰の理由を知りたがった。

しかも異動先が内部監査部だ。好奇心を煽《あお》られないわけがない。僕だって逆の立場なら『どうしたの?』とメールの一本も入れるだろう。

事実は小説より奇なり、を地で行ったなと思いながら僕は、まさにこれから二度目の東京本社勤務となる内部監査部に出社しようとしていた。

内部監査がどのような部署かという知識は当然持っている。が、同期をはじめ親しい人間が誰もいないので、雰囲気がどうか、という前情報もまるでなかった。

だが臆していてもはじまらない。当然の思いを胸に僕は始業の九時半より三十分ほど前に内部監査部に向かった。

まだ九時だというのに、部内では既に約半数の社員が出社していた。

「あの」

一番、入り口に近いところに座っていた若い男に声をかける。

「はい？」

パソコンの画面に集中していた男が振り返り僕を見た。

新入社員か二年目くらいか。顔が小さく見えるのは、フレームが大きめの黒縁眼鏡《めがね》のせいかもしれない。

伊達《だて》眼鏡っぽいなと思いつつ、名乗ることにする。

「すみません、長瀬《ながせ》です。本日付で内部監査部に配属になった……」

「……ああ」

男の反応は鈍かった。『それが？』と言いたげな目で僕を見つめること十秒。十秒後、ようやく彼は立ち上がった。

でかい。身長、百九十センチ近くあるんじゃないだろうか。モデルのようだなと、細身のその後ろ姿を目で追っていると、男は真っ直《まっす》ぐにひな壇の部長席へと進んでいった。

部長は三十代に見える男性と談笑していた。部内の管理職だろうか。容姿の整った、なんとも特徴的な男だ。まあ、百九十センチ近いあの若い男も相当特徴的ではあるけれど。

「長瀬君、来たのか」

若い男の声は小さくてよく聞こえなかった。が、彼が数言、言葉を発した時点で部長が立ち上がり、僕に笑顔を向けてきた。

「よろしくお願いします」

慌てて部長席に駆け寄り、頭を下げる。部長は恰幅《かっぷく》のいい、優しげな外見の男だった。が近くで見ると目つきがやたらと鋭いのがわかり、なんだか緊張してきてしまった。

「まだ始業前だが、まあ、いいだろう。皆、集まってくれ」

確か伊藤《いとう》という名だった。名を思い起こしていた僕の前で伊藤部長が大きな声を上げる。と、席についていた皆が立ち上がり彼に注目した。

「今日から当部に配属になった長瀬君だ。前は名古屋だったね」

「はい」

僕が頷《うなず》くのを待たず、部長が話し始める。

「大河内《おおこうち》君の課だ。歓迎会等はまた別途セッティングしてくれ。それじゃ、長瀬君、挨拶を」

いきなり振られ、戸惑いながらも僕は、こういうときは長く話すものではないだろうという判断の下《もと》、名だけ告げて頭を下げた。

「長瀬です。よろしくお願いします」

皆が大して興味なさそうな様子で頭を下げ返してくれる。

「それじゃあとは大河内君、頼んだよ」

部長が声をかけた相手は、それまで彼が談笑していたあの、特徴的だと思った三十代の男だった。

「よろしく、長瀬君」

にっこり。大河内課長が微笑《ほほえ》む。

「よろしくお願いします」

彼の眼光もまた鋭かった。内部監査にいると自然と目つきも鋭くなるのかもしれない。そう思いながら頭を下げた僕に、大河内課長は相変わらず『目は笑っていない』笑顔で口を開いた。

「ウチの課は僕を入れて五人体制なんだが、今、ちょうど三名がドイツの事務所の監査に向かっている。残っているのは僕と彼、二年目の橘《たちばな》君だけだ」

彼——と課長が示したのはあの、長身に黒縁眼鏡の男だった。

「よろしくお願いします」

頭を下げると彼も——橘もまた「よろしく」と頭を下げ返してくれたものの、その態度はおざなりとしかいいようのないものだった。

年功序列を声高に言うつもりはないが、二年目の態度じゃないな。不愉快というより不可解に思い、つい橘に注目する。が、橘はいかにもうるさそうな表情になり、僕から目を背けてしまった。

「さて、それじゃ、仕事について簡単に説明するよ。長瀬君も四年目なら内部監査部が何をやっているかくらいの知識はあるだろう?」

大河内が言いながら、会議室へと向かっていく。

「はい、一応は……」

頷きはしたものの、正直なところ、完璧にわかっているかと問われたら、とても「はい」と頷けるような状態ではなかった。

それがわかったのか、大河内は僕を振り返り、苦笑めいた笑みを浮かべると、先に会議室に入った。僕もノートを手に急いであとを追う。

「座って」

上座を示されたが、どう考えても自分が座るべきは下座だろうと敢《あ》えて入り口に近いほうを選ぶ。

「今日くらいはいいんだよ」

大河内は再度苦笑しつつもそのまま上座に座り、僕たちは二人で向かい合った。

「ところで」

身を乗り出し問いかけてくる大河内は、本当に端整な顔をしていた。年齢は三十代半ばだろうか。ゆるくウェーブのかかった髪に、少し垂れ目がちの目。イタリア人っぽいなと思うと同時に、向かい合っていてなんとなく落ち着かない気がするのは、確かに笑っているはずの彼の笑みがなんというか――酷《ひど》くシニカルに感じられるせいだろう。

一癖も二癖もありそうな、そんな感じのする笑みだった。そしてやはり目は笑っていない。

緊張する、と気持ちを引き締め、『ところで』に続く言葉を待つ。

と、課長はある意味予想どおり、そしてある意味予想に反した問いかけをし、僕を一瞬絶句させた。

「長瀬君、君、名古屋で何があったの？」

「……あの……」

実は名古屋を離れるとき僕は上司の小山内《おさない》部長から、転勤のきっかけになった『事件』について口止めをされていた。

「まあ、君なら口止めするまでもなく、喋《しゃべ》らないとは思ってるんだけど」

上役命令だから一応ね、と苦笑する部長に僕は「勿論《もちろん》です」と頷いたのだったが、その『事件』は、僕だけではなくある程度の常識がある人間なら、とても口外はできないであろうと思われるものだった。

だが新上司はそれを喋れと言う。どうするか、と考えたものの、やはり、自身の口から明かすことは躊躇《ためら》われる、と深く頭を下げた。

「申し訳ありません。お話しできません」

「話せない？」

今まで微笑んでいた大河内の表情が一気に険しいものになった。充分厳しかった眼光がますます鋭くなる。

「意味がわからないな。『話せない』というのはどういうことなんだ？　君は上司の命令に従わないつもりか？」

「……申し訳ありません。話したくありません」

最初から不興を買ってどうする、と思いはしたが、やはり明かすことはできなかった。

名古屋支社の重要取引先の不祥事だ。広めていいわけがない。それ以前に僕は、事件の当事者の気持ちを思うと、とても人に話す気になれないでいた。

沈黙が室内に流れる。せっかく東京本社に戻っては来られたが、配属初日に睨《にら》まれてしまった。

これからの会社生活、キツいだろうなと天を仰ぎそうになったそのとき、いきなり大河内課長が——笑った。

「長瀬君、君……いいね」

「……は？」

何を言われたのか最初わからず、戸惑いのあまり声を上げた僕の肩を、大河内が身を乗り出して、ぽんと叩く。

「見所があるよ。普通、配属先の上司に問い詰められたら、前の上司に口止めされたことであっても口を割るだろうに、君は仁義を通す。なかなかいないよ、サラリーマンには。いやあ、長瀬君。君の配属を喜ばしく思う。これから宜《よろ》しくね」

右手を差し出され、わけがわからないうちにその手を握る。

「……ありがとうございます」

これは話さなくて正解ということだったんだろうか。半ば呆然《ぼうぜん》としていた僕の手をぎゅっと握って離すと、大河内は僕に向かい、微笑みながら片目を瞑《つむ》ってみせた。

「内部監査というのは口の堅さが求められる部署だ。だが今後は仕事上知り得た情報は、必ず僕と共有するように。これから先、仕事関係で『話したくありません』はナシってことで」

「はい、申し訳ありません」

やはり『話したくありません』という表現はマズかったようだ。内心首を竦《すく》めながら頭を下げた僕の耳に、

「それじゃ、仕事の内容を説明しよう」

という、それまでの親しげな声音とは一変し、酷く淡々とした大河内の声が響いた。

「はい」

慌てて顔を上げ、ノートを開く。

僕はあまり他人《ひと》に対して苦手意識を持つことはないのだが、この新上司はちょっと苦手かもしれないな、と思わずにはいられなかった。

何がどう、ということではなく、なんとなく不安にさせられる。考えていることが読めないからだろうか。思えばこれまでの上司は『わかりやすい』人が多かった。

まあ、姫宮《ひめみや》課長は違ったけれど――などと考えている余裕はなく、僕は物凄《ものすご》いスピードで続く課長の説明に耳を傾けた。

内部監査部というのは、監査法人から会社が監査を受ける、いわゆる『本番』の監査を無事に切り抜けることができるよう、社内でその監査項目を事前にチェックする部署だ。

僕も自動車部にいた頃、一度内部監査の洗礼を受けたことがあったが、重箱の隅をほじくるようなチェックの細かさに辟易《へきえき》とさせられたものだった。

今度は僕がその『重箱の隅』をやるということなのだろうが、内部監査を受けた当時、なんでそんなことに気づくのだ、と呆《あき》れるばかりだったことを思うと、とても自分にできる気がしない。

だが配属になったからには『できる気がしない』では当然すまないだろう。社則や細則は勿論、どれほど覚えることがあるんだか。

溜《た》め息《いき》をつきそうになるのを堪《こら》えながら僕は大河内が淡々と続ける説明に必死でメモをとり、今日から自分が務めることになる業務について知識を深めようとしたのだった。


昼も大河内と社員食堂で食事をし、午後もずっと課長から説明を受けていたが、午後六時になると課長は、

「悪いけど、今日は定例のミーティングがあるんだ」

と席を立った。

「定例のミーティング、ですか」

たいして興味を覚えたわけではないのだが、繰り返すと課長はどのようなミーティングか説明してくれた。

「内部監査部の各チームで、監査の情報を共有しているんだ。毎月第一週の月曜日の夜にね。今回は長瀬君の配属一日目と重なってしまって申し訳ない。明日にでも飲みに行こう」

それじゃあ、と爽やかに笑い、課長が席を立つ。

「ありがとうございます」

礼を言い、僕も大河内に続いて会議室を出た。

フロアの席では、橘が残っていたが、僕が彼の隣の席についても顔を上げることはなかった。

「橘君、あと、頼んだな」

大河内が彼に声をかけ、書類と手帳を手に、ミーティングが行われると思《おぼ》しき会議室に、部長らと共に向かっていく。

「………」

その姿を目で追っていたのは僕ばかりで、橘は大河内からの呼びかけに対し、答えらしきものを一切発しなかった。

『あと、頼んだ』はおそらく、このあと飲みに連れて行けというニュアンスだったのだろうが、彼にその気はないということだろう。

寮の部屋も片付けたいし、それならそれでかまわないけれど、と思いながらメールをチェックすると、同期の尾崎《おざき》と吉澤《よしざわ》からメールが入っていた。

『長瀬、おかえり！　今日の夜、空いてたら同期歓迎会、やろうぜ』

『内部監査じゃ配属初日に飲みに行くとかないだろ？』

愛すべき二人の同期愛に感動しつつ返信しようとしたが、一応断っておくか、と橘に声をかけた。

「このあと、何かありますか？」

引き継ぐべきことは、という意味で問いかけたのだが、橘はいかにもうるさそうな顔になると一言、

「もう就業時間終わってますから。好きにしたらどうですか」

とだけ告げ、再びパソコンのキーを勢いよく叩き始めた。

「あ、はい」

つい敬語を使ってしまい、すぐ、

「わかった、ありがとう」

と言い直す。

年功序列を問題にしたかったわけではなく、親しみを込めたつもりだったのだが、橘は一瞬だけ手を止めたものの、すぐ、はあ、と聞こえよがしな溜め息を漏《も》らし、今まで以上に速いスピードでキーを打ち始めた。

感じが悪いってことだけはわかる。が、理由はさっぱりわからない。

虫の居所でも悪いのだろうか、と僕はつい、橘がキーを物凄い勢いで叩くその姿を一瞬見つめてしまった。

細く長い、綺麗《きれい》な指だ。キーボードをまるで鍵盤のように叩いている。余程忙しいのか、それともこれ以上話しかけるなというアピールなのか。

どちらとも答えは出ないが、まあ、その『答え』を解明するよりは懐かしい同期との再会

を楽しむことにしよう、と心を決めると、

『飲みに行こう！　すぐにも出られるけど』

尾崎と吉澤、それぞれに返信をし、彼らからの返信を待ったのだった。


「長瀬、おかえりー！」

「ウエルカム東京！」

「ウエルカムかな？　カムバックだろ？」

「あいるびーばっく、とか？」

相変わらず、楽しい掛け合いを見せる尾崎と吉澤に僕は、

「ただいまー！」

と答え、二人が差し出したビールグラスに自分のグラスをぶつけた。

「懐かしいな。また二人と三幸園《さんこうえん》で飲めるなんて」

ウチの社員で三幸園を知らない人間はモグリといっていいほど、メジャーな店である中華料理店の二階のテーブルで僕は、歓迎会をしてくれるという同期二人と向かい合っていた。

「それにしても驚いたよ。名古屋勤務も驚いたけど、一年も経《た》たないうちに東京復帰も驚い

た。何があったんだよ？　教えてくれよ」

吉澤がそう言い、僕の空になったグラスにビールを注ぐ。

「タイミングかな。自分でもよくわからないよ」

それ以外、答えようがない。肩を竦めると二人は、

「まあ、当事者にわかるわけないよなー」

と僕の説明に納得してくれた。

「しかし内部監査っつーのは驚きだった。どうなの？　雰囲気、悪い？」

「まだわからないよ。初日だし」

「そりゃそうか。で、どこの課なの？」

吉澤の問いに、

「大河内課長」

と答えると、二人は、へえ、という顔になった。

「大河内課長って確か、東大法学部だよな。役員候補って聞いたことがある」

「あれ？　もしかしてそこ、橘がいる課じゃない？」

尾崎が思い出したように問うてくるのに、なんで彼の名を知っているんだ、と驚き目を見開いた。

「いる」

「誰？　橘って」

吉澤が不審げな声を上げる。

「法務の勝村《かつむら》に聞いたんだよ。知ってるだろ、勝村」

「京大法学部だっけ。弁護士志望のあの、ヤな奴だろ？　なんだお前、友達だったっけ？」

尾崎に吉澤が眉を顰《ひそ》め問いかける。僕は親しくはなかったが、勝村の存在は知っていた。

「友達……ではないかな。顔見知りくらいだ。一回、合コンで一緒になってさ。そのときに聞いたんだよ。橘、入社時の配属先が法務部だったそうでさ」

「橘、知らないな。何年目？」

「二年目」

尾崎は答えたあと、僕を見た。

「どう、橘。感じ悪くない？」

「……うーん、どうだろう」

ぶっちゃけ、態度がいいとはいえない。が、『感じ悪い』という決め手もないか、と首を傾《かし》げた僕に尾崎は、

「まだ猫かぶってるのかなー」

と彼もまた首を傾げつつ、話を続けた。

「橘、あいつ、なんとあの『司法予備試験』に大学三年の時に合格しているんだってさ」

「司法予備試験って……ああ、司法大学院に行かないでも司法試験受ける資格が得られるってあれか」

吉澤が納得した声を上げたあと、

「すごくね？」

と改めて尾崎に問いかける。

「確かその試験、合格率二パーセントとかだろ？　そんなすげえ試験受かってなんで司法試験受けなかった？　ああ、受けたけど落ちたのか？」

「そこが奴がむかつかれる所以《ゆえん》でさ、司法予備試験は力試しで受けたんだってさ。司法試験なんて最初から受ける気なかったと言われて、それで勝村はかちーんときたらしいんだよ。弁護士志望だっただけに」

「なるほどねー。しかし『力試し』で受けて受かるような試験じゃないんだろ？　そこで受かっちゃうところが凄いのに、なんで司法試験、受けなかったのかねえ？」

「さあねえ？」

そこまで尾崎は知らなかったらしく首を傾げたあと、

「ともあれ」

と話を続けた。

「司法試験受験資格保有者に『力試し』と言われて、橘、法務部全員、敵に回してしまった。

ま、そうだよな。で、あっという間に内部監査部に異動になったそうだ。優秀なんだろうけど、部員たちの神経を逆撫でするからって理由で。そんな奴が下にいたら、さぞやりにくいだろうなあと、同情するよ」

「ああ、しかも内部監査だろ？　自動車に戻してくれればよかったのに。なんで内部監査なんだか。社内からの風当たりもキツいだろうに」

吉澤も不満げに口を尖《とが》らせたが、すぐ、

「まあ、なんかあったら言ってこいよ。愚痴聞くことくらいしかできないにせよ、ガス抜きには付き合うから」

そう言い、手を伸ばすと僕の肩を叩いてくれた。

「おう、俺も付き合う。あと遊びもな。久々にゴルフ行こうぜ」

尾崎も逆側の肩を叩き、笑いかけてくる。

同期というのはありがたいものだ。しみじみとその思いを噛《か》みしめながら僕も二人に笑い返し、そろそろ終電がなくなるという時間まで三人で楽しく飲んだ。

「長瀬、また津田沼《つだぬま》に逆戻りか」

「都心の寮、空いてればよかったのにな」

吉澤は自宅、尾崎は世田谷の寮なので、帰りは僕だけが逆方向の地下鉄となった。

「それじゃな」

「また飲もうぜ」

二人と手を振って別れ、終電ゆえ少し混雑している車両に乗り込む。

通勤時間は一時間と少しかかる。名古屋でもマンションからオフィスは近かった。その前の東京でも楽していただけに、久々の長距離通勤はつらいな、と溜め息を漏らした僕の脳裏に、彼の――楽をさせてくれていた当の本人である桐生《きりゅう》の顔が浮かんだ。

東京では築地《つきじ》の桐生のマンションに一緒に住んでいた。名古屋でも彼の手配で豪奢《ごうしゃ》すぎるマンションに住まわせてもらっていた。

これまでが身の丈に合わない贅沢をさせてもらっていたというだけだ。本来の状態に戻っただけなのだから『つらい』なんて思うこと自体が間違っている。

甘えているぞ、と心の中で自分を叱咤《しった》し、地下鉄の窓を見やる。地下鉄ゆえ外の景色は見えず、自分の疲れた顔が映る窓ガラスを見るとまた溜め息が漏れそうになり、目を伏せた。

溜め息は通勤のつらさからでもなければ、過ぎた贅沢に慣れ甘えた根性が身についてしまっていた自分を恥じた結果でもない。

溜め息の理由はただ一つ――東京に戻ってきたのに桐生に会えない。そのことのみだった。

今、彼は米国出張中なので、たとえ一緒に住んでいたとしても会えないことにかわりはない。が、その程度でこうも落ち込んでいるわけではなかった。

東京に戻れることが決まった次の瞬間に僕は、そのときもやはり米国に出張中だった桐生に、また一緒に住めるようになって嬉《うれ》しいとメールをした。が、メールが返ってきたのは少し経ってからで、そのメールにはこう書いてあったのだった。

『悪いが事情が変わった。状況が読めないので入寮の手続きは取っておいてくれ』

その後、桐生は帰国したが、一週間ほどするとまたアメリカに旅立っていった。その一週間は、僕も名古屋での引き継ぎが佳境で、東京まで桐生に会いに行くことはできなかった。桐生も同じく忙しかったらしく、メールや電話でのやりとりは何度かあったが、どのように『状況が変わった』のか、聞くことはできなかった。

メールや電話がくるとほっとした。桐生の態度に変化が見られないことにも安堵《あんど》した。それで満足した——というわけではない。自分から問いかけた結果、この『変化が見られない』状況を壊すのが怖かったのだ。

引っ越しが決まったと一応知らせたが、そのときにも緊張した。寮に入れといった理由に触れてくるかと思ったからだ。

が、桐生は『手伝いに帰国する』という返信をくれただけだった。すぐさまとんぼ返りをすることになるとわかり、弟の浩二が名古屋に来るというので大丈夫、と断ると、桐生は電話をくれたが、そこで彼が口にした言葉は、

『本当に大丈夫なのか？』

という問いのみだった。

大丈夫、と答えると、できるだけ早く帰国すると言って電話は切れた。気にしてくれているんだ。きっと僕を嫌いになったわけではないだろうし、別れるつもりもないに違いない。

そう自分に言い聞かせ、安心するようにしていたが、そろそろ胸の中で膨らむ不安を誤魔化《ごまか》すのも限界になってきた、というのが今の偽らざる僕の状態だった。

早く桐生に会いたい。会ってきちんと話がしたい。

彼が何を考えているのかを理解したい。その結果、立ち直れないほどに傷つくことになったとしても、自分を誤魔化して彼とどうということのない会話を電話やメールで続けている今の状況よりはずっとマシな気がする。

はあ、とまたも深い溜め息が漏れそうになり、唇を噛む。窓ガラスに映る僕は本当に情けない顔をしていて、またも自己嫌悪に陥りそうになる思考を切り替えるため、敢えて違うことを考えようとした。

最初に頭に浮かんだのは、今の上司、大河内のことだった。まだ若いのに役員候補といわれているというのは驚きだった。だがわからなくもない。いかにも切れ者っぽいし、と頷いたあと、次に同僚である橋のことを考える。

司法予備試験に受かったのに、司法試験を受けずに当社に入社を決めたのには、何か理由があるんだろうか。

力試しに、合格率二パーセントの試験を受けようと思うこと自体が凄いが、合格するというのは更に凄い。

凄くはあるが、なぜそんなことをするのか、意味はわからなかった。彼という人間が少しも読めない。生意気だと思わなかったといったら嘘になるが、目に余るほどではないとは思う。好ましいとも思わないけれど、積極的に嫌いになる要素もない気がしていた。

まだ数言しか話してないしな、と、彼の、愛想がまったくない黒縁眼鏡姿を思い起こす。そういや彼は綺麗な指をしていたんだった、と思い出したあたりで地下鉄はようやく寮のある駅に到着した。

寮は駅から徒歩にして八分ほどの場所にある。一瞬、タクシーで帰ろうかとも思ったが、無駄遣いはやめようと歩くことにした。

間もなく寮というところで携帯が着信に震えた。

「誰だ？」

独り言を言いつつ携帯を取り出し、画面を見て慌てて応対に出る。

「もしもし？」

『今日から出社だろ？　今、外か？』

電話をかけてきてくれたのは桐生だった。

「うん。もうすぐ寮。桐生は？」

声が自分でも弾んでいるのがわかる。出社の日を覚えていてくれたのが嬉しくてたまらなかったのだ。

『俺も外だ』

くす、と耳許《みみもと》で桐生が笑う。

『なんだ、初日から終電か』

「うん。尾崎と吉澤と飲んでた」

『新しい部署はどうだ？　内部監査だろ？　営業とは随分、雰囲気違うんじゃないか？』

「違う違う。そうそう、今度の上司、役員候補なんだって。それから後輩が司法予備試験、学生時代に受けて合格しているんだってさ」

『なんだそれ』

ごくごく普通に会話が続く。

僕は桐生とこんなどうでもいいような会話を続けたいのか。違うはずだ。頭の中でその言葉が巡るが、話題を変える勇気は出ない。

と、ここで僕の心を読んだ——わけではないだろうが、不意に桐生が話題を変えた。

『日曜日に帰国が決まった。成田に迎えに来てくれるか？　用がなければ』

「用なんてあるわけないし！」

しかも嬉しすぎる方向に。声を弾ませた僕の耳許で桐生の笑いを含んだ声が響く。

『よかったよ。久々にゆっくりできるな』

「何時の飛行機？　あ、車で行こうか？」

僕は桐生の車のキーを預かってもいた。それでそう言ったのだが、桐生はすぐに断ってきた。

『車はいい。タクシーで帰ろう。お前も運転は久々だろ？　成田の到着時刻は……』

時間を告げる桐生の声を聞く僕の胸には既に、先ほどまでの高揚感はなかった。

「わかった。迎えに行くね」

彼はなぜ、僕に車を出させようとしないのか。自分の車を任せたくないいんじゃないか。そう思えてきてしまう。

その理由は――。

追及したい。でも怖い。本当になんて僕は臆病なんだろう。自分で自分が嫌になる。溜め息を漏らしそうになりながらも僕は、

『それじゃな』

と電話を切ろうとする桐生に、

「それじゃ」

と挨拶をしかけ――やはり彼を呼び止めてしまった。

「桐生」

『なんだ？』

問い返され、言葉に詰まる。

「ごめん、なんでもない」

それじゃあ、と笑って電話を切ろうとする。と、今度は桐生が僕を呼び止めた。

『長瀬』

「なに？」

問い返した僕の耳に、桐生の、セクシーとしかいいようがない声が響く。

『愛してる』

「な……っ」

いきなりの愛の言葉に、頭にカッと血が上るのがわかる。

『お前は？　愛してるんだろ？』

絶句する僕に桐生がくすくす笑いながら問いかけてきた。僕がそれ以外の言葉を告げるとはまったく思っていない様子の彼に、確かにそのとおりなんだけどちょっとむかつく、と反論を試みる。

「愛してるけど、でも」

『愛してるならいい。それじゃな』

チュ、と電話にキスした音が耳にやたらと鮮明に響く。

「桐生っ」

赤面しつつ呼びかけたときにはもう、電話は切れていた。

「…………もう…………」

まだ頬《ほお》が熱い。桐生はなぜ、ああいうことが照れなくやれるのか。その心理を聞いてみたいと溜め息をつき、電話をポケットにしまったそのとき、僕のすぐ横を追い越していく長身に気づき、思わずその背を呼び止めた。

「橘……君?」

「お疲れ様です」

振り返り、会釈をしたのは橘だった。彼はそのまますたすたと寮のエントランスを入っていく。

「…………」

あのタイミングだと、もしかしたら彼には僕の『愛してる』を聞かれていたかもしれない。それは恥ずかしすぎるぞ、と今更赤面する僕の足は完全に止まってしまっていた。

橘も同じ寮だとは驚きだった。そうした基本的な会話すら交わしていなかったのかという事実に愕然《がくぜん》とすると同時に、明日からの会社生活がなんとなく憂鬱《ゆううつ》なものに思えてきてしまう。

やれやれ、と溜め息を漏らし、空を仰いだ僕の目に、大きな白い月が飛び込んでくる。

夜空には円形の月がぽっかりと浮かんでいた。

満月か——その月を見上げる僕の頭にはそのとき、同じ部署の後輩に恥ずかしい場面を見られたかもしれないということ以上に、成田に迎えに行ったあとに桐生に対し、ちゃんと自分の胸の内を明かせるだろうかという不安が渦巻いていた。

2

翌朝、寮の食堂で橘の姿を探したが、見つけることはできなかった。見つけたからといって何をしようとしたわけでもないのだが、なんとなく拍子抜けしつつ出社すると既に彼は席にいて、早いな、と感心させられた。

「おはよう」

「おはようございます」

相変わらず僕に対しては興味など一ミリもない様子ではあったが、一応挨拶は返してくれた。しん、としてしまった、その空気を重く感じ、会話の継続を試みた結果、僕は見事に玉砕した。

「橘君って司法予備試験、受かってるんだって？　凄いね」

「…………」

橘がパソコンの画面から僕に視線を移す。

「あの……」

彼の顔には表情らしい表情がなかった。なんだかいたたまれない気持ちが募り声を上げた僕を真っ直ぐ見つめたまま、橘は僕の問いには答えず、逆に淡々とした口調で問いかけてきた。

「長瀬さん、昨夜の電話の相手、誰なんです？」

「えっ？」

思いもかけない問いに絶句する。言葉を失う僕を相変わらずに真っ直ぐに見たまま橘が再び口を開いた。

「お互いのことに興味を持つの、やめませんか」

「………」

要は詮索をやめろということかと、彼の言いたいことを理解はしたものの、何も僕は詮索しようとしたわけではない。単に会話のきっかけにしたかっただけだ。そう説明したかったが、言い訳になるだけと思いとどまった。

すぐに橘は僕から目を逸《そ》らし、パソコンの画面に集中し始めてしまった。僕も隣の席に腰を下ろし、パソコンを立ち上げた。

見るとはなしに見やった隣の席の、キーボードを叩く橘の指は相変わらず綺麗だった。ピアニストの華麗な指さばきのようだと思いながらも、こうして視線を注いでいることこそ嫌がられるのではと気づき、慌てて目を逸らせると、まずは尾崎と吉澤に昨日の礼メールでも打つか、とパソコン画面に向かったのだった。

昼食時、大河内課長が僕と橘に、

「メシ、行こう」

と声をかけてくれた。

「はい」

返事をし、立ち上がりながらも僕は、橘はどういうリアクションをとるのだろうとつい注目してしまった。

なんとなく、橘なら『僕はいいです』というような態度をとるのでは、という僕の予想は外れ、彼もまた「はい」と返事をして立ち上がり、僕たちは三人で社員食堂へと向かった。

「二人には再来週、大阪に出張してもらうよ」

食事がはじまってすぐ、大河内はそう宣言してきて、僕を驚かせた。

「出張、ですか」

「ああ。大阪化学品の事業投資会社の監査を君たちに担当してもらう。そう規模の大きくない会社だから二人で大丈夫だろう。橘君は前回、似たような規模の事業投資会社を担当しているから、彼に任せるといいよ」

大河内はそう言うと橘を見やり、

「頼んだよ」

と微笑んだ。

「はい」

即答した橘の顔に笑みはない。気負いもなければやる気も感じさせない彼の横で僕のほうがまたもいたたまれない思いに陥ってしまったが、大河内自身はそう気にしていない様子だった。

慣れているということなんだろうか。それにしても上司に対する態度じゃないだろう。つい、非難の目を向けてしまったが、視線を感じているのかいないのか、橘は僕と目を合わせようとしなかった。

「そういや長瀬君は津田沼寮なんだっけ」

大河内が僕に話題を振ってくる。

「あ、はい」

「名古屋ではどこに住んでたの？　寮ってあったっけ？　借り上げ？」

「あ、いえ。知人の紹介でマンションを借りてました」

あまり突っ込んでほしくない方向に話が進みそうになり困ったなと思っていたところ、

「津田沼は遠いよな。ああ、そういや橘君も津田沼だっけ」

幸いにも、課長は話題をそちらに変えてくれた。

「はい」

橘が頷く。が、それ以上のリアクションはなく、場は一瞬しんとした。

「世田谷の寮の空きが出たら長瀬君が入れるよう、人事に頼んでおくよ。内部監査は残業も多くなるからね。遠いのはやっぱり大変だ」

「ありがとうございます……？」

礼を言いはしたが、僕だけか、と意外に思ったせいで、語尾が疑問形になってしまった。

「大阪、馴染《なじ》みある？」

だが話題はここであっさり変わり、戸惑いながらも僕は課長が喋る、大阪でのお薦めの店の話に相槌《あいづち》を打ち、時に問いに答え、とやっているうちに昼休みは終わった。

午後は内部監査のチェックポイントの詳細が書かれた書類を熟読し、本当にこれを自分がやるのか、と、少し途方に暮れてしまった。

その日の終業後、前日自分が言ったことを覚えていたのだろう、大河内課長が、

「今日、飲みに行こう」

と誘ってくれた。

「ありがとうございます」

「橘君も行くだろう？」

大河内が橘に声をかける。

「二十時まで、英語の研修なので」

だが橘は俯《うつむ》いたままぼそぼそとそう答え、暗に断ってきた。

「わかった。場所、メールするから、合流できるようならしてくれな」

いつものことなのか、大河内は気にする素振《そぶ》りを見せずそう笑うと、僕に、

「何が食べたい？」

と聞いてくる。

「お任せします」

「それが一番困る。ああ、そうだ、この間、みんなで行ったイタリアンがなかなかよかったから、そこにしよう。銀座だ。橘君、店、わかるな？」

『困る』と言いながらも大河内課長はすぐさま店を決めてくれた。どうやら橘も行ったことがあるらしく、課長に確認を取られ「はい」と頷いている。

「空いているか、聞いてみるよ」

課長はそう言うと、すぐにポケットからスマートフォンを取り出し電話をかけはじめた。

「空いてるそうだ。さあ、行こう」

数言で予約をすませると電話を切り、僕を誘う。

「あ、はい」

慌ててパソコンの電源を落とす僕の横では、相変わらず橘が我関せずといった様子でキー

ボードを叩いていた。

「それじゃ橘君、あとでな」

課長がそう声をかけたときも、画面から顔も上げずに「はい」と答えるのみである。なんだか違和感あるなと思いながら僕は、大河内のあとに続きフロアを出たのだった。


大河内課長が連れていってくれたのは、銀座にあるトラットリアだった。

「肩肘《かたひじ》張らない店のほうがいいかと思ってね」

まずは乾杯、と生ビールのグラスを合わせ、メニューを開く。

「適当に決めちゃっていいかな」

「お願いします」

ありがたいことに大河内課長は仕切り屋気質だった。僕はお任せ体質なのでちょうどよかった、と安堵しつつ、彼が店員に次々とメニューを告げるのを聞くとはなしに聞いていた。

すぐにワインに移行し、カプレーゼ等を食べ始める。課長が取り分けようとするので、そのくらいはやらねば、と僕が手を伸ばすと、

「一応、橘の分も残してやってくれ」

と言われ、ちょっと驚いた。あの態度では来ないに違いないと思ったからである。

「長瀬君ってさ、クールビューティに見えて、実は顔に出るよね」

くす、と大河内が笑い、僕の顔を覗き込んでくる。

「クールビューティってなんですか」

『クール』も『ビューティ』も当てはまらないと思うが、と眉を顰めて問い返すと、

「ほら」

と大河内に笑われ、ああ、からかわれているのかと気づいた。

「人間的でいいけど、仕事のときにはあまり、顔に出しちゃ駄目だよ」

「……あ」

からかいはしたが、結局は注意か。気づいた瞬間、慌てて詫《わ》びる。

「すみません」

「いや、謝ることじゃない。それより橘君の噂がもう耳に入っているみたいだね。結構な言われようだったかい？」

大河内は相変わらずにこにこと微笑んでいたが、彼の目はあまり笑っていなかった。

「いえ、そんなことは……」

実際『結構な言われよう』ではあったが、一応否定してみせる。

「まあ、あの態度じゃ、何を言われても仕方ないよね」

大河内はそう言い、肩を竦めてみせたあとに、心持ち身を乗り出し、僕の耳許に口を寄せてきた。

「実は彼、ワケアリでね。橘修平《しゅうへい》って君、知ってる？」

「……いえ……？」

聞いたことがあるようなないような。首を傾げた僕の耳許で、大河内が尚も囁《ささや》く。

「有名な弁護士だ。『有名』といってもいいほうにじゃない。はっきりいって『悪評』だ。金でクロをシロにする悪徳弁護士と言われている。暴力団のフロント企業の顧問弁護も多数引き受け、反社会勢力に対して便宜を図ることでも有名だ」

「………もしかしてそれが……」

同じ名字だし、と問いかけた僕に向かい、大河内が頷く。

「そう。橘の父親だ。社内でも知っている人間は知っている。あまりおおっぴらには語られていないが」

「……そう……だったんですか」

父親が有名な『悪徳弁護士』と知らされても、僕は正直『そうなんですか』という感想以外は持てずにいた。

父親のことを突っ込まれたくないから態度が悪いということなんだろうか。司法予備試験が『力試し』だったのは、父親に無理矢理受けろと言われたとか？

だからその話題には触れられたくないとか、そういうことだろうか、と、次々納得はしていったものの、それでもやはり『そうなんですか』以上の感慨は胸に浮かんでこなかった。

「あまり驚かないね。知ってた？」

大河内が苦笑し、問いかける。

「いえ、知りませんでした」

正直に答えた僕に向かい微笑んだあと、大河内が話を続ける。

「有名な弁護士の息子だからどうこう、ということは勿論ないけれど、そのことで彼、法務部のときには相当嫌な思いをさせられて、それで今みたいにちょっとひねくれちゃったんだ。まあ、もともとの素養として、他人に対してそう興味を持てないっていう面もあったようだけど、でもね」

ここで課長が言葉を切り、悪戯《いたずら》っぽく笑う。

「可愛いところもあるんだよ。あと、仕事はできる。長瀬君も最初は戸惑うことがあるだろうけど、長い目で見てやってほしい。今後、ペアを組むことが増えると思うからさ」

「……はあ……」

他に相槌の打ちようがなく、頷いた僕の前で、大河内がぱちりとウインクする。

「他人の『痴情のもつれ』に巻き込まれた挙げ句、そいつにかわって腹を刺されるような、そんなナイスガイだ。コミュ障の後輩を可愛がるくらい、容易《たやす》いだろ？」

「それは……」

やはり名古屋でのことはすべて、大河内課長の耳に入っているらしい。しかしそれを持ち出さなくても、と少しむっとしたのもまた、顔に出てしまったようだ。

「怒らないでくれ。長瀬君、君は本当に正義感が強い、いい男だね」

「そんなことはないです」

誉《ほ》められたら謙遜《けんそん》するのが日本人としての美徳だ。が、正義感が強い、に対して『そんなことはない』と言うのは、それはそれで問題か、と気づき、慌てて言い直そうとしたそのとき、

「ああ、こっちだ」

入り口のほうを向いていた大河内が、視線を僕から少しずらし、大きな声を上げた。

「え？」

何事か、と振り返った先には、店の入り口に佇《たたず》む橘の姿があり、来たのか、と僕は驚いたあまり小さく声を上げてしまった。

「ね？　可愛いところ、あるだろう？」

ふふ、と大河内が笑い、片目を瞑ってみせる。

「……はあ……」

確かに。てっきり来ないと思っていたが、英語の研修が終わったあとに参加するとは確か

に可愛げがある、と僕の彼に対する好感度は一気に上がった。

橘が加わると話題は今度行われる大阪の監査についてばかりとなった。

「事前調査は必要だ。創立してからかなり経っているが、これまで問題らしい問題はない。とはいえ、過去なかったから現在もないというわけじゃないからな」

「ざっと調べたところ、気になることは特にないです。台帳管理もきっちりしているようですし」

注意を促《うなが》す課長に対し、橘が相変わらず淡々とした口調で自身の考えを述べる。

「油断大敵。それだけ肝に銘じていればいいさ」

課長は彼の言葉を笑って流すと話題をこの間まで他のチームが行っていた監査へと向けてしまった。

「それじゃ、お疲れ」

店を出たのは十時過ぎだった。課長はなんと神楽坂《かぐらざか》に住んでいるとのことで、帰宅手段は自費でのタクシーだという。

僕と橘は同じ寮に住んでいるので、当然ながら一緒に帰ることになったのだが、会話はさっぱり弾まなかった。

「英語の研修って、ヒアリング？」

「はい」

「毎日あるの？」

「週二です」

　このように話はすぐに途絶えてしまう。

　朝に、お互い詮索はやめようと釘を刺されているために、プライベートに関する話題を振れないことがまた、二人の間の会話を貧しいものにしていた。

　地下鉄に乗ってからは殆《ほとん》ど話さないまま、僕らは寮に到着した。

「部屋、何階？」

「四階です」

「僕は二階だ。それじゃ、おやすみ」

「おやすみなさい」

　エントランスで別れ、僕は階段に、橘はエレベーターに向かう。

　部屋に戻ってから僕は、パソコンで今日名前を聞いたばかりの『橘修平』を検索してみた。

Ｗｉｋｉにも載っている有名人である。自宅兼事務所が赤坂にあるらしいことがわかり、ああ、だから大河内課長は橘に対しては、津田沼寮から世田谷に移れるよう配慮するとは言わなかったのかと納得した。

　実家が赤坂なら、実家から通えばいい。人事にはそう言われてしまうだろう。そうして次次検索結果を見ていくうちに、巨大掲示板に行き当たった。

そこでの書かれようは散々だった。匿名掲示板だから悪口はエスカレートしているのだろうが、それを割り引いて考えても酷い言われようである。

僕の父親は平凡なサラリーマンであるので、見も知らない多数の人間から叩かれる、というような状況はそうそう起こり得ない。

自分の父親が世間からこうも叩かれたらどう感じるだろう。

父を庇《かば》いたいと思うのか。それとも、世間と同じように、父親のやっていることに嫌悪感を抱《いだ》き、反発するのか。

想像力が足りないゆえ、橘の気持ちを自分のものとして考えることはできない。だが、プライバシーを詮索されたくないという気持ちだけはなんとなくわかるような気がした。

にしても、ああいう言い方はないと思うけれど。

朝のやりとりを思い起こし、ついむっとしてしまう。

『お互いのことに興味持つの、やめませんか?』

別に興味なんて持っていないし。いや、こうして彼の父を検索する時点で『興味を持って』いるか。

どちらにせよ、日常会話がほとんどない彼とペアを組んで仕事をするのはなかなかに大変そうである。

しかし仕事だ。『大変』なんて言っていられないか、と僕は気持ちを切り替えると、まずは知識を頭に入れることだ、と、家に持ち帰った監査のやりかたが書かれた書類をまたも熟読し始めたのだった。

ようやく待ち侘《わ》びた日曜日が来た。

桐生が知らせてきた時間より三十分以上早く成田空港に到着し、まだ来るはずのない彼を、入国ゲートが開くたびに目を皿のようにして待っていた。

飛行機は予定どおり着陸することもまた、何度も確認を取った結果知っていた。なのでその時刻が近づくともう、いてもたってもいられなくなり、ただただ彼と再会するその瞬間を思い浮かべながら、ひっきりなしに聞くゲートを見つめていた。

「桐生！」

ようやく彼が姿を現したのは、飛行機が着陸してから二十分後のことだった。

呼びかける声が自分でもびっくりするほど高くなる。桐生には無事その声が届き、笑顔を向けてくれた。

「よお」

「おかえり！」

駆け寄り、思わず抱きつきそうになったが、人目を気にしてなんとか思いとどまった。

「ただいま」

だが桐生には当たり前の羞恥心《しゅうちしん》が備わっていないのか、僕を抱き寄せ頬に唇を寄せてくる。

「か、帰ろう」

慌てて彼の腕から逃れそう言うと、桐生は少し不満げな顔になり僕を見下ろしてきた。

「随分、クールな出迎えだな。熱い抱擁はどうした」

「クールじゃないよ。もう一時間以上、ここで待ってるんだから」

「一時間？　到着時刻、教えたろ？」

桐生が意外そうに目を見開く。

「待ちきれなかったんだ」

正直に告げたというのに、桐生は尚もぽかんと口を開け、僕を見下ろしていた。

「桐生？」

呼びかけると彼が、はっと我に返った顔になる。

「どうしたの？」

「お前、あざといぞ？」

桐生はそんな、意味のわからない言葉を告げると、

「あざとい？」

何を言われているのかわからず問い返した僕の腰に腕を回してきた。

「行こう。俺の忍耐ももう、限界だ」

「限界って、桐生」

足早に歩き始めた彼に合わせ、足を進めながら僕は、微笑む彼の顔を見上げた。桐生も僕を見下ろしてくる。

キスされる。近づいてきた唇をつい避《よ》けてしまうと桐生は、

「まったく」

と呟《つぶや》き、むっとした顔になった。

「人目が気になるだけだよ」

僕だってキスしたい。だからこそ、車で来ると言ったのに。不満さから口を尖らせた僕と額《ひたい》を合わせ、桐生が笑う。

「恥ずかしがる『奥様』も俺にとってはツボだから、まあ我慢するとしよう」

「……『旦那様』、ありがとう」

また『奥様』だ。桐生の好きなプレイ？　に異論を唱える気はないが、ついていかれないものがある。

そんなことを考えていたというのに、僕の顔は気づけば笑ってしまっていた。

桐生が今までどおりの彼であることが嬉しくてたまらない。それは彼の気持ちもまた『今

までどおり』であることの証明だと思うから。

「行くぞ」

桐生が更に足を速める。タクシー乗り場に向かっているらしい彼に僕は、一応と思いつつ行き先を尋ねた。

「築地に戻るの?」

「いや、Sホテルだ」

「ホテル?」

思いもかけない答えに驚き問い返す。

「ああ」

桐生は頷くと、都内に向かうタクシー乗り場へと足を進め、僕も彼に従ったのだった。


ホテルに到着するまでには四十分ほどかかった。

隣に桐生がいる。彼に抱きつき、唇を貪《むさぼ》りたい。その衝動を抑えるのに僕は、ありとあらゆる理性を総動員せねばならないくらい我慢に我慢を重ねていた。

ホテルに到着し、桐生がチェックインをすませるのを僕はいらつきながら待っていた。

彼が宿泊するのは当然といおうかクラブフロアで、ホテルマンが案内役を買って出、ラウンジの利用を勧めようとしたが、桐生はすべて不要と断り、僕と共にエレベーターに乗り込んだ。

エレベーター内には他に客がいたので、彼と抱き合うことはできなかった。クラブフロアに到着し、部屋を探す。鍵を開け、室内に足を踏み入れた瞬間僕は、まだカートを引き摺《ず》っていた桐生に抱きつき、唇を奪おうとした。

「おい」

桐生は苦笑しつつもカートを放り出し僕の背を抱き締めてくれた。

貪るようなキス。きつく舌を絡《から》め合う熱いくちづけに、早くも頭がクラクラしてくる。

「ん……っ……ん……っ」

息が苦しい。薄く目を開けると桐生がニッと笑う顔が飛び込んできた。僕の背を支えながら彼は部屋の中央に進むと、まだカバーがかかったままのベッドに僕を押し倒した。

「や……っ」

彼の手が素早く動き、僕から服を剝《は》ぎ取ろうとする。僕もまた腕を伸ばし、彼のシャツのボタンを外そうとした。

すぐに二人して、互いに服を脱ぎ合ったほうが早いという結論に達し、キスを中断して身体《からだ》を起こす。

焦って服を脱ぎ捨てながら僕は、昂《たか》まる自分を少し抑えよう、とはあ、と深く息を吐き出した。

「余裕だな」

途端に桐生の笑いを含んだ声がする。

「余裕なんて……っ」

あるわけがない、と反論しようとしたときには再び桐生に押し倒されていた。

「ん……っ」

首筋を吸われ、痛いほどの力強さに恍惚《こうこつ》となる。

桐生の唇は首筋からすぐ、乳首へと下りてきた。片方を唇や舌で攻められ、もう片方を彼の繊細な指で抓《つね》り上げられる。

両胸に与えられる刺激に僕は早くも昂まりまくり、高く声を上げ始めてしまっていた。

「あっ……や……っ……あっあっあっ」

乳首をちょっと弄《いじ》られただけなのに、たまらなくなっている自分がいる。肌は既に熱くなり、吐き出す息も最早、火傷《やけど》しそうなほどに熱くなってしまっていた。すぐにも桐生がほしくてもうたまらない。衝動が募り、自分を抑えることができない。

僕の両手両脚は桐生の背へと回っていた。早く、と腰を突き出し、彼にねだる。

「知らないぞ」

胸から顔を上げ、苦笑した桐生の唇から漏れた声は掠《かす》れていて、とてもセクシーだった。その声だけでもいきそうだ、と彼の背を抱く手脚に力を込め、尚も腰を突き出すと、桐生ははっきり苦笑し、身体を起こした。

「そんなに煽って……知らないぞ?」

「……え?」

意味がわからない。問い返したと同時に両脚を抱え上げられ、身体を二つ折りにされる。

「や……っ……桐生……っ」

露《あら》わにされた後孔に桐生が顔を埋めてきた。ざらりとした舌の感触をそこに得、汚いのに、と身体を捩《よじ》ろうとするも、がっちりと腿《もも》のあたりを抱えられてしまっているので身動き一つできない。

「あっ……あぁっ……あっあっ」

硬い舌先で内壁を抉《えぐ》られ、入り口のあたりを軽く嚙まれる。

ぞわぞわとした刺激が下肢から背筋を這《は》い上り、快楽が全身を染めていく。

もっと奥に。もっと逞《たくま》しいものが欲しい。もっと激しく突いてほしいのだ。桐生にそれを伝えたくて更に腰を突き出すと、彼は正しく僕の心を読んでくれたようだった。

「久々だからな。ゆっくり解《ほぐ》してからと思ったんだが」

桐生が再び身体を起こし、僕に苦笑してみせる。

「つらくても知らないぞ」

「つらくてもいい……っ……はやく……っ」

もう我慢ができない。一刻も早く繋《つな》がりたい。

我ながらはしたないとは思ったが、募る欲情を堪えることはもう困難だった。

早く桐生と一つになりたい。願いはそれだけだと彼を見上げる。

「仕方がないな」

桐生は苦笑しつつも僕の両脚を抱え直すと、既に勃《た》ちきり、先走りの液を滴《したた》らせている雄の先端をそこへと押しつけてきた。

「早く……っ」

入り口がひくつくのがわかる。早く欲しい。奥に欲しい。その思いを胸に桐生を見上げたのと同時に、そんな願いなど言われずともわかっているということなのだろう、ずぶ、と先端がめり込んできて僕の、最後に残っていた理性を吹き飛ばした。

「あぁっ」

背を仰《の》け反らせ、高く喘《あえ》ぐ。と、桐生は僕の両脚を抱え直したかと思うと、一気に腰を進めてきた。

「あーっ」

こつん、と奥底に桐生の雄が当たる音がする。次の瞬間、激しい突き上げが始まり、僕をあっという間に快楽の絶頂へと押し上げていった。

「あっ……あぁっ……あっあっあーっ」

内壁を擦《こす》り上げ、擦り下ろす。桐生の逞しい雄が抜き差しされる度に生まれる摩擦熱が全身に回り、身体中どこもかしこも火傷しそうに熱くなる。

奥深いところを激しく抉られる刺激に、僕の意識はもう朦朧《もうろう》としてしまっていて、自分が何を言っているのか、どう行動しているのか、まるでわからなくなっていた。

「いい……っ……桐生……っ……もう……っ……もう……っ……あーっ」

いつしか閉じていた瞼《まぶた》の裏で、極彩色の花火が何発も上がる。二人の下肢がぶつかり合うときに立てられる、パンパンという高い音すら、自身の喘ぎに紛れて聞こえないような状態の中、もう我慢できない、と僕は桐生の背にしがみつく手脚に力を込めた。

耳許で桐生が笑う声がしたと同時に彼の手が背に回り、僕に脚を解かせる。少しだけ二人の身体の間にできた隙間《すきま》に桐生が手を差し入れ、勃ちきっていた僕の雄を握ると一気に扱《しご》き上げてくれた。

「アーッ」

昂まりに昂まりまくっていたところに与えられた直接的な刺激には耐えられるわけもなく、僕は自分でもびっくりするような高い声を上げながら達し、白濁した液を桐生の手の中に飛ばしてしまった。

「……く……っ」

射精を受け、後ろが激しく収縮する。その締め上げで桐生もまた達したらしく、僕の上で伸び上がるような姿勢になったあと、ふう、と息を吐き出した。

後ろにずしりとした精液の重さを感じる。その重さこそが愛《いと》しい、と息を吐いた僕の額に、頬に、桐生の唇が落とされてきた。

「……あいして……っ……る……っ」

僕の呼吸を妨げないようにという配慮のもと、細かいキスを落としてくる桐生の背を僕は、胸に迫る愛しい思いそのままに両手両脚できつく抱き締めてしまっていた。

「俺もだ。愛してる」

優しすぎる桐生の声が耳許で響くのに、涙が込み上げてくる。

幸せだ——荒い息の下、この上ない幸福感を胸に僕は桐生を抱き締め、彼から同じくらいに強い力で抱き締め返されることに、それまで抱えていた不安も忘れてますます喜びを募らせたのだった。

3

互いに三度達したあと、僕は暫《しばら》くの間、気を失ってしまっていたようだ。

「大丈夫か」

ペシペシと頬を叩かれ、目を覚ました。

「あれ……今、何時？」

外はすっかり暗くなっている。桐生の逞しい胸から身体を起こすと、室内を見回し時間を尋ねた。

「夜の七時だ。腹、減っただろ？」

「うーん……」

空腹はあまり感じない。首を傾げたと同時に、ぐう、と僕のお腹《なか》が鳴った。

「あれ」

「はは」

実は空腹ってことなのかな。首を傾げた僕の横で同じく上体を起こした桐生が僕の肩を抱いてくる。

「夕食、どうする？　ルームサービスでもとるか？　それとも外に食べに出るか？」

「どっちでも。桐生は？　食べたいものとかある？」

久々の東京だ。何か希望があるかも。そう思い問いかけたというのに、桐生から返ってきた答えは、

「別に」

というそっけないものだった。

「ないの？　寿司が食べたいとか、マンダラのカレーが食べたいとか。まんぷく苑の焼き肉がいいとか三幸園の餃子がいいとか」

「なんだ、それ、お前が食べたいものか？」

あはは、と桐生が笑い、僕の肩を抱く手に力を込める。

「それはちょっとあるかな」

東京に戻ったら行きたいと思っていた、懐かしい店だ。でもその思い出の大半は桐生と共有しているものなのだけれど。そう思いながら頷くと桐生は、

「それはまた、次にしよう」

と微笑み、僕のこめかみのあたりに唇を押し当てるようなキスをした。

「今夜はルームサービスでいいか？　ゆっくり話もしたいし」

「うん」

これからシャワーを浴び、着替えて出かけるのはちょっと怠《だる》い。それで桐生の提案を受け入れたのだが、同時に僕は『ゆっくり話もしたいし』という彼の言葉に緊張を募らせていた。何を話そうとしているのだろう。それは僕にとっていい話か、それとも悪い話か。できることなら『いい話』であってほしい。そう願いながら、

「なに？」

と問いかけた僕の顔を見て、桐生がぷっと噴き出した。

「なんだよ」

笑われるような覚えはないのだけれど。少しむっとしながら問い返すと、

「悪い」

桐生は謝りながらもくすくす笑っている。

「何が可笑《おか》しいんだよ」

口を尖らせた僕の唇に、ちゅ、と音を立ててキスをすると桐生は、

「悲惨な顔、しているからさ」

と微笑んでから、口を開いた。

「何を考えているのか知らんが、お前が案じることじゃない。ただ、会社を辞めようと思っていると伝えたかったんだ」

「え？」

唐突な告白に、思わず大きな声を上げてしまった。

桐生が会社を辞める——？　どうして、と思わず彼の胸に縋《すが》る。

「辞めるって？　何かあったの？」

驚きが大きすぎて、少しも思考が働かない。問いかけた僕を見下ろし、桐生は、くす、と笑うと、

「落ち着け」

と今度は額にキスをし、背を抱き締めてきた。

「だって……」

落ち着いてなんていられない。桐生は今の会社でＣＥＯに認められ、米国本社で責任のある役職に就くという話だったんじゃなかったか。

なのになぜ——。

「あ」

もしや僕のせいか？　僕のために桐生は米国出張を切り上げ一週間の休暇をとった。あれがＣＥＯの逆鱗《げきりん》に触れたのかと確認を取ろうした僕の心理を、桐生は正確に読んだ。

「言っておくが、クビじゃない。俺がクビになるわけないだろ？　自分から辞めるんだ」

「……でも、なぜ……」

確かに桐生がクビになるわけがない。そうは思うが、辞める理由もわからない。ただただ

呆然としていた僕の目を覗き込むようにし、桐生が子供に言い聞かせるのと同じ口調で説明を始めた。

「もともと長く勤めるつもりはなかった。要はステップアップだ。言っちゃなんだが、今の会社では先が見えている。だから転職をしようと考えた、それだけだ」

「……そう……なんだ」

頭がぼんやりしてしまい、胡乱《うろん》な相槌しか打てない。桐生が嘘を言っているとは思っていなかったが、なんとなく違和感を覚え、顔を見上げる。

「ん？」

桐生が微笑み、視線を合わせてきた。

「………………」

彼の目の中に、嘘はない——と思う。

それでもなんだか落ち着かない気持ちがするのはなぜなのか。自分で自分の心理がわからずにいた僕の背を抱き直し桐生が囁きかけてきた。

「そういった理由で、お前には寮に入れと言ったんだ。俺も間もなく引っ越す予定だ。築地のマンションは今の会社が用意してくれた部屋だからな。まずは職探し。それから住居探しをしようと思っている」

「そうだったんだ……」

それならそうと言ってくれよ。寮に入れと言われて、どれだけ不安になったと思ってるんだ。酷いよ。口を尖らせ、甘える。

誤解させるようなこと言って悪かった。桐生が優しく僕を抱き締める——ここはそうした展開になるべき場面のはずだ。そんな思考が頭に浮かび、自分が考えていたその内容に愕然とした。

『はずだ』ってなんだ。どうして素直にそう思えないんだろう。

「さっきからどうしたんだ?」

黙り込んだ僕を訝《いぶか》り、桐生が額を合わせてくる。

「……わからないんだ。ただ、なんとなく……」

なんなんだろう。この気持ちは。桐生から目を逸らせ、俯いた僕の頭に、ぽん、とある単語が浮かぶ。

「ただなんとなく……不安で」

そう——僕は『不安』なのだ。

何が、というはっきりしたものではない。いわば『漠とした不安』とでもいう感覚なのだが、それを上手《うま》く説明できず言葉を探した。

「何が不安だ? 俺を信じられないのか?」

桐生が俯く僕の顔を覗き込み、視線を合わせようとする。

「違う。信じてるよ、桐生のことは」

そう、疑ってはいない。一ミリだって疑念は持っちゃいないのに、なぜ僕の胸にはこうも不安が溢《あふ》れてくるのだろう。

「信じているのに不安なのか？」

桐生がむっとした顔になり、僕の顎を摑む。

「痛」

無理矢理上を向かされ、強い力に悲鳴を上げると、桐生の手が緩み、僕の目を見つめる彼の唇から、ふう、と深い溜め息が漏れた。

「放っておいたからか？　拗《す》ねているわけじゃないよな？」

「拗ねてはいない……どうしたんだろう。自分でもよくわからない」

言いながら僕は桐生の胸に顔を埋め、彼の鼓動の音を聞こうとした。

「情緒不安定なのか？　新しい部署に馴染めてないとか？」

桐生の裸の胸から鼓動と共に彼の声が振動となって響いてくる。

「ああ……そのせいかも……」

頷きはしたが、心の中で僕は、違うな、と呟いていた。

確かに内部監査部に馴染めているかといえば、全然馴染めていないと思う。苦手意識のある課長にも、そして壁を作っているとしか思えない後輩にもまったく馴染めていない。だがそれが不安の原因とはとても思えなかった。

かといって、桐生を信じていないわけではない。彼の言葉は一〇〇パーセント信じているし、こうして顔を合わせ、抱き合える幸せは何にも代えがたいものだと思っている。

なのになぜ、こうも不安になるのだろうか。

本当に、わからない。漏れそうになる溜め息を喉の奥に飲み下し、彼の胸に縋る。

「一日も早く新居を見つける。二人で住む用のな。少しだけ、辛抱してくれ」

桐生の声がまた、耳を当てた彼の胸から振動となって響く。

「早く一緒に住みたいよ」

一緒に住めば——共にいる時間が長くなればきっと、この、わけのわからない不安からも解放されるに違いない。

自身にそう言い聞かせながら僕は桐生の少し速い鼓動を聞くことで更なる安心を得ようとし、逞しいその胸に耳を押し当てたのだった。

日曜日に帰国した桐生と共にホテルで一泊した翌朝、随分と早い時間に僕はホテルを出て一度寮に戻った。

考えなしといおうか、出勤する仕度《したく》を一つも調えていなかったためだ。

桐生とはまた、水曜日の夜に会う約束をした。

「それまでに新居を決めておくよ」

早朝、僕を見送ってくれた桐生はそう言ってウインクし、住みたい街があったら事前に申告するように、と言葉を添えた。

また彼と同居できるという未来は僕の心を弾ませた。が、やはり心のどこかで喜びきれない自分がいることにも気づいていた。

桐生の再就職先も気になった。既に数社からオファーがきているという話で、これから熟考するという。

さすが桐生、と感心するしかないが、なぜ彼が今、転職を考えたのか、それについての詳しい説明がなかったことが気になってもいた。

ステップアップということだったが、桐生が最終的に目指しているものはなんなんだろう。

そうした話題は今まで二人の間で出たことがあったような気もするが、よくよく考えてみた結果、僕は桐生の最終目標を知らないという事実に行き当たった。

僕自身、最終目標を桐生に告げてはいない。が、それは自分でも『最終目標』が見えていないからで、果たして桐生は決めているのかいないのか、次に会ったときにでも聞いてみよう、と僕は心に決め、まだ『馴染めていない』職場へと向かったのだった。

大阪の事業投資会社の内部監査のために出張するのは来週だった。初めての現場だ。緊張が高まる。準備は山のようにあり、途方に暮れてしまっていたが、共に向かうはずの橘は実に淡々としており、パニクってる僕に冷たい視線を向けつつも、大河内に言われたのか必要書類の揃《そろ》え方などをレクチャーしてくれた。

火曜日の夜、今日も残業しなければと思っていたところに、携帯に着信があった。桐生か、と急いで応対に出ようとした僕の目に、スマホのディスプレイに彼以外の名が浮かんでいるのが見える。

「どうした?」

応対に出、開口一番問いかける。

『なにそれ。がっかり感、ハンパないんだけど』

電話をかけてきたのは弟の浩二だった。僕の電話の出方が気に入らないとクレームをつけてくる。

「がっかりしてないよ。何か用?」

実は相当『がっかり』していたが、とはいえ弟までがっかりさせることはない。それで取り繕い尋ねた僕の耳に、拗ねた口調の浩二の声が響いてきた。

『今、パレスサイドの赤飯《あかはん》にいるんだ。一緒にメシでもどう? って誘いたかったんだけど』

「パレスサイド? なんで?」

『来られる？　来られない？』

どうしてそんな、会社の近所にいるんだ、と問いかけた僕に、浩二が問い返す。

「わかった。行くよ」

どうせ残業だ。溜め息交じりにそう言い電話を切ると僕は、横の席でキーボードを叩いていた橘に一応断ってから席を外すことにした。

「悪い。弟が近くに来ているもので、ちょっと会ってくる」

「…………」

橘が手を止め、僕を見る。

『ご自由に』

実際その言葉を聞いたわけではない。が、橘の目は明らかにそう語っていた。

口に出さないあたり、彼なりの配慮なんだろうか。そう思いながら僕は席を立ち、浩二が待っている店に向かったのだった。


「こっちこっち」

赤坂飯店の奥の席から、浩二が手を振ってくる。珍しくスーツを着ているなと驚きつつ近づいていくと、既に彼はビールを飲んでいた。

「どうした？　まさか就活？」

「一応、医者になるつもりだから」

それはない、と浩二は笑うと、

「バイトだよ」

と肩を竦めた。

「バイト？」

「そう。エキストラの。断れなくてさ」

「………エキストラ……」

実は浩二は随分前に、俳優にならないかと誘われたことがあったのだった。悩んだ結果、医師になる道を選んだのだが、まだ俳優の道に未練があるのだろうか。そう思ったのが顔に出たのか浩二は、

「違うよ？」

と慌てた様子で言葉を続けた。

「前に声かけてくれたプロデューサーから頭下げられちゃってさ。映画の話、かなり回答引っ張った挙げ句に断ったから、あまり冷たい対応もできなくて。それでドラマのちょい役、引き受けただけだよ」

「そうなんだ」

『エキストラ』が『チョイ役』に変わっている。これはおそらく台詞《せりふ》もある役だろうなと察したものの、浩二がこれ以上突っ込んでほしくない様子だったので話題を変えてやることにした。

「その撮影現場が近くだったんだ？」

「まさにここ。パレスサイドっていったら兄貴に会わずに帰れないと思ってさ」

屈託なく笑う浩二には、引っ越しの際、随分と世話になっているだけに、邪険にはできない。飯を奢《おご》る程度じゃ恩を返せないくらいだ。それで僕は彼に付き合うことにした。こうして声をかけてきたということは多分、話したい何かがあるからだろうと察したためだ。

いくつか料理を注文し、最後は担々麺《たんたんめん》でしめる。その頃になっても浩二は、これ、という話題を振ってこなかった。

なんだ、単に人恋しかっただけか。担々麺を取り分けながら僕は、少し酔っている様子の浩二をちらと見た。浩二もまた、僕をちらと見たあと、ふっと視線を逸らせる。

「？」

やっぱり話したいことがあるのか。問いかけようとするより前に、浩二が言いにくそうに口を開く。

「ええと、あのさ。桐生さん、元気？」

「うん。元気だよ」

唐突に出てきた桐生の名に戸惑いながらも頷いてみせる。

「会ってるの？」

「うん」

頷くと浩二は、

「なんだ」

とほっとしたような、がっかりしたような複雑な顔になり、大きく息を吐いた。

「なに？」

リアクションの意図が読めない。首を傾げた僕の前で浩二が、

「だってさ」

とバツの悪そうな顔になる。

「東京に戻るっていうからてっきり築地のマンションに戻るのかと思ってたら、寮に入るっていうしさ。何かあったのかなって、気にしてたんだよ」

「ああ、ごめん。違うんだ」

浩二が気にしていたということ自体、意外だった。というのも、浩二には桐生との関係を知られてはいたが、賛成されているとはとても思えなかったからだ。

あからさまに反対はしないが、兄がゲイであるということに対しては思うところがありあ

りだと感じていた。

実は認めてくれていたということだろうか。内心驚きながらも僕は事情を説明することにした。

「桐生は転職を考えていて、それであの築地のマンションも出る予定なんだ。あそこは今の勤務先が用意してくれた住居だから」

「なんだ、そうなんだ」

気にして損した、と浩二が口を尖らせる。

「悪かったな」

謝ると浩二は、

「別にいいけど」

と尚も口を尖らせたあと、

「それにしてもさ」

とまったく違う話題を振ってきた。

「ウチの大学の准教授に超イケメンがいるんだけどさ」

「うん？」

いきなりの話題転換についていかれず、唖然《あぜん》としつつ問い返す。と、浩二は相当酔っているのか、ますます僕を唖然とさせるような話を続けていった。

「九条《くじょう》っていう准教授なんだけど、ゲイばれしちゃってさ。でも、すっごい堂々としてるんだ。俺、ゲイって言っちゃなんだけどマイノリティだと思ってたから、驚いちゃってさ。桐生さん以外にも、いるんだなと感心したんだ。あれは多分、自分に自信があるからだろうな。上手く言えないけど、羨《うらや》ましいなと思った。ああ、羨ましいっていうのとは違うかなんだろう。うーん、やっぱり羨ましい、かな」

浩二が首を傾げつつも結論を出そうとし、うん、と頷く。

「でもさ、兄貴にはまだ、そこまで達観してほしくないんだ。ほら、まだ親父《おやじ》にもお袋にもカミングアウトしてないしさ。兄貴はそのままでいてほしいっていうか……」

「ああ……うん……」

確かに——そこまで腹は括《くく》れていないかもしれない。が、僕だって桐生を想う気持ちに関しては、堂々と胸を張れる自信がある。

だが浩二はそうは思っていないということか。実際、父母にはカミングアウトなどできていないので、確かに『堂々と』はしていないけれど。

頷いた僕に浩二が、

「で、その九条って准教授がさ」

と話題を続ける。

「さっきも言ったけど、ゲイばれしても全然大学内で態度変わらなくて。結果、女子学生の人気も高まってさ。わからないもんだよね。普通、ゲイだとわかったら女子もどん引きするのかと思ったら、逆なんだよ。世の中、どうなってるのかね」

「………わからないよな」

相槌を打ちはしたが、僕の気持ちはすっかりその話題からは離れていた。

これが浩二の『話したいこと』なのかと、疑問を覚えるのは翌日になってからで、そのときの僕は、なぜだかもやもやする胸を抱えたまま、そのもやもやを浩二に悟られないよう、いかにも彼の話に興味をもっているふうを装うことに必死になっていたのだった。


翌朝、目が覚めると桐生からメールが入っていた。

『悪い。急用が入った。明日に変更してもらえるか？』

「………」

発信は朝の四時で、一体桐生はいつ寝ているんだと驚きながら僕は、

『了解。明日楽しみにしている』

と返信した。

来週の大阪出張の準備で忙しくはしているのだが、明日の分まで今日きっちり仕上げてお

けばいいので予定的には何の問題もない。

桐生に会える時間が一日先になったのは残念ではあるけれど、転職を決めた彼は今、何かと忙しいのだろうと察することができるだけに我《わ》が儘《まま》は言えない。

とはいえ今までも特に『我が儘』は言ってこなかったか、と気づいて苦笑する。どうしても今日会いたい。今日じゃなきゃいやだ。明日なんて待ちきれない。そう返信したら桐生はどう返してくるだろう。

無視――かな。多分。

社会人としての常識を逸脱した行為をすることで、桐生に軽蔑されたくない。呆れられたくないし嫌われたくない。常に僕はその思いを胸に抱いていた。

院卒だから年齢は僕より二歳上ではあるけれど、同じタイミングで社会に出た彼は既に、社会人として僕の遥《はる》か前を歩んでいる。

彼に相応《ふさわ》しい男になりたい。それが過ぎた望みだと自分でもわかっているだけに、せめて彼に呆れられるような行動はとるまいと、意識してはいなかったが僕はいつも自戒していた。

今夜会えなくなることに、実は相当がっくりきている。そんな自分の感情を誤魔化そうとしていることなど、もしかしたら桐生にはお見通しかもしれない。

にしても。

「……急用ってなんなんだろう……」

『了解』と返信したというのに、僕はまだ桐生のメールの文面を気にしていた。

それも明日、聞けばいいじゃないかと自分に言い聞かせると、思考を打ち切り、今僕がすべきことに意識を向けようという努力を始めたのだった。

出社するとやることはいくらでもあり、あっという間に午後十時を回ってしまった。

橘は今日も英語の研修があり、途中抜けたものの八時には席に戻り、仕事を続けていた。

その彼が、

「お先に失礼します」

と席を立ったのが午後十時だった。

「お疲れ」

声をかけると橘は一瞬だけ動きを止め、僕へと視線を向けた。

「なに？」

何か言いたいことがあるのか。問いかけた僕に橘はすぐ、

「いえ」

と首を横に振ると、

「お先に失礼します」

と再び挨拶しフロアを出ていった。

「？」

なんだろう？　疑問を覚えはしたが、考えたところで答えは得られないとわかっていたので僕は再び仕事に戻った。

というのも、ここ数日で僕は、橘との付き合い方をなんとなく理解していたからだ。何があろうとお互い干渉しない。それが彼とこの先やっていくのには大前提になる。それに気づいたのだった。

仕事上での意思の疎通は勿論必要だが、それ以外はノータッチにする。橘と上手くやっていく秘訣はそこにあるんじゃないかと思う。

橘のような男は、先輩にせよ後輩にせよ、僕の周囲にはあまりいないタイプではあったが、干渉されたくないというものを踏み込んでいくことはないだろう。

彼のバックグラウンドがある意味、特殊であるだけに、本人が干渉されたくないと思っているのならその希望には敬意を払うべきだ。

必要以上に近寄らない。そう心に決めていたために僕は、橘に対して覚えた疑問は忘れることにし、自身の仕事に没頭したのだった。

そろそろ終電が出るという時刻になり、今日の仕事を切り上げることにした。

パソコンの電源を落とし、気づけば一人きりになっていたフロアの電気をすべて消してエレベーターホールへと向かった。

明日には桐生に会える。そう思うだけで残業の疲れは失《う》せ、気持ちが弾んでくる。

明日、何時に待ち合わせようか。桐生は何が食べたいだろう。この間彼は僕が挙げた店に『それはお前の希望だろ』と笑っていたが、彼だって懐かしい気持ちにかわりはないだろう。

この間、同期と訪れて酷く懐かしく感じた三幸園にでも行こうか。

桐生だって三幸園の餃子が懐かしくないわけがない。あの、バーテンのような服装の店員が相変わらず客さばきをしているのを見て二人して懐かしがりたい。

桐生と餃子というミスマッチに、思わず笑ってしまったあたりで、エレベーターは深夜の出入り口となる地下一階に到着した。

警備員に頭を下げ、外に出る。間もなく終電が出る。急がなければ、と駅に向かって足を速めようとした僕の目の前に、いきなり人影が差した。

「……え?」

思いも寄らない人物の登場に、思わず動きが止まる。

「こんばんは」

僕に向かい、にっこりと笑いかけてきたのは——桐生の腹心の部下、滝来《たきらい》だった。

4

「こんばんは」

にっこり。微笑みかけてきた滝来の前で僕は、声を失い立ち尽くしていた。

「少しお時間、よろしいですか？」

滝来の問いかけに、唖然としていたあまり僕は答えられずにいたのだが、

「長瀬さん？」

と呼びかけられ、ようやく我に返った。

「はい。なんでしょう？」

「立ち話もなんですから、店に入りませんか？」

「あ、はい……」

頷いた僕に滝来が、

「それではこちらへ」

と笑顔を向けてくる。滝来が何を考えているのかさっぱりわからない。が、断る理由もなかったため僕は彼に導かれるがまま、神保町《じんぼうちょう》の深夜まで開いている喫茶店に入り、奥の席

で向かい合わせに座った。

「突然すみません。驚かれたでしょう」

二人して店員にコーヒーを頼んだあと、滝来はそう微笑みかけてきたが、彼の顔に緊張感が走っていることに僕は随分前から気づいていた。

「あの……ご用件は……？」

聞くときっと後悔する。わかりきっていたのに、それでも知りたいという思いを抑えられず、僕は滝来に問いかけた。

滝来は桐生の『部下』というだけの存在ではない。かつて彼は桐生に対し、あからさまなアプローチを試みていた。

桐生にきっぱりと拒絶され、もう諦めたという『敗北宣言』を聞きもしたが、それでもそうした経緯があるので、滝来に対してはつい、身構えてしまう。

滝来にもそれがわかるのだろう。ふっと苦笑し、僕を真っ直ぐに見つめながら口を開いた。

「ボスの転職については、あなたの耳にも入っていますか？」

「あ、はい。ステップアップしたいと言ってましたが」

聞いたとおりを言ったというのに、滝来は、この世の終わりとばかりの深い溜め息を漏らし、僕を戸惑わせた。

「あの？」

どうしたのだ。思わず疑問の声を上げた僕を、滝来が尚も真っ直ぐに見つめてくる。

「……あの？」

きつい眼差しにますます戸惑いは増し、再度問いかけた僕を睨んだまま——そう、滝来の眼差しは『見つめる』ではなくはっきりと僕を『睨んで』いた——彼が口を開いた。

「ご自分が原因であることを、あなた、わかってるんですか」

「え⁉」

何を言われたのか、さっぱり意味がわからない。自分でもびっくりするほど大きな声を、そう、素《す》っ頓狂《とんきょう》といってもいい声を上げてしまったせいで、店内に数組いた客たちの注目が一斉《いっせい》に僕に集まった。

「……すみません」

気まずさから誰にともなく詫び、頭を下げたあと滝来を見ると、滝来は既に僕を見てはおらず俯いていた。

「どういうことなんですか。桐生の転職の原因が僕だというのは……」

問いかけると滝来は一瞬だけ、射るような目で僕を睨んだが、すぐにまた目を伏せると、はあ、と小さく溜め息を漏らし口を開いた。

「やはりボスは何もあなたにお話しになっていないんですね」

「何もって？」

含みのある表現に引っかかりを感じつつ問い返す。と、ここで滝来が顔を上げ僕を真っ直ぐに見つめてきたが、彼の目からは厳しい光が消えていた。

「ボスが明かさないものを私がお話しするというのもおかしな話ですが……」

苦笑めいた笑みを浮かべそこまで言ったあと、滝来は僕からの問いかけを待つようにして口を閉ざした。

どうしよう——聞けば一〇〇パーセント後悔することはわかっていた。

第一、滝来自身が言うように、聞くなら桐生本人から聞くべきだ。

桐生だって僕が他の人間から事情を聞いたと知れば面白くなく思うだろうということもわかっている。

そこまでわかっているにもかかわらず僕は、知りたいという欲求を抑えることができず、問いかけてしまっていた。

「桐生は何を僕に隠しているのか、教えてもらえませんか？」

「…………会社はボスに本社のCOOの地位を提示しました。が、ボスはそれを断ったのです。COOになれば米国勤務となる。ボスは、今は日本を離れたくないと言っています。なぜ日本を離れたくないのか。理由はあなた以外にないでしょう？」

「……っ」

喋っているうちに滝来の目つきは先ほどの険悪なものに戻っていた。語調も酷くきつい。

だが彼の目つきや語調以上に僕は、彼が今告げた内容に愕然としてしまっていた。息を呑《の》んだまま黙り込む僕に、滝来の言葉が引き続き浴びせられる。

「先月、ボスは米国出張中に一時帰国したのですが、当初の予定では一泊三日だったはずなのに急遽一週間休暇を取得したいとあとから連絡があり、実際一週間、米国には戻ってきませんでした。ボスが退職の意向をＣＥＯに伝えたのはそのあとです。日本に帰国した際、何があったのか……あなたならその理由をご存じですよね？」

「……はい……」

原因は僕だ。宗近《むねちか》に刺され傷を負った僕に、彼は一週間ずっと付き添ってくれた。出張していたアメリカに帰らなくてもいいのかと再三、それこそ最後には桐生に嫌な顔をされるくらいしつこく聞いたが、それでも彼は僕の傍《そば》に居続けてくれた。

嬉しいと思いはした。が、迷惑になりたくはないという気持ちのほうが大きかった。

やっぱり僕は彼の迷惑になっていたということか——半ば呆然としながら見返した先では、滝来が溜め息を漏らし、僕からすっと目を背けた。

「あの…………」

なんとか桐生の退職を撤回する方法はないか。僕のためにそんな、ＣＯＯ就任などという輝かしいキャリアを捨てる必要はないのだという思いで口を開いた僕に、逆に滝来が問いかけてきた。

「ボスは退職について、あなたになんと言ったんです？」

「え？」

咄嗟《とっさ》に答えることができず、会話を途切れさせはしたものの、すぐに滝来の聞きたいことを理解した僕は、先ほども告げた桐生の言葉を彼に伝えた。

「ステップアップだと……僕には言ってたんですが……」

「確かに、ボスなら転職先はいくらでもあるでしょう」

やれやれ、といわんばかりの溜め息を漏らし、滝来が呟くようにして言葉を続ける。

「どう考えても当社のＣＯＯを経験してから転職したほうが箔《はく》が付くとは思いますが」

「………」

滝来の言うとおりだ。思わず僕は彼の言葉に頷いてしまっていた。

「長瀬さん」

滝来が再び僕へと視線を戻し、訴えかけてくる。

「お願いです。ボスを説得してください。退職を思いとどまってほしいと。ボス自身のキャリアのためにも。お願いします」

熱い口調、熱い眼差しで訴えかけてくる滝来を前に僕はただただ言葉を失い、冷めたコーヒーに手を伸ばすこともできずに座り込んでしまっていたのだった。

「もう、終電がありませんね。寮までお送りしましょう」

滝来はそんな気遣いを見せてくれたが、僕は、

「大丈夫です」

と我ながら引き攣《つ》った笑みを返した。

「会社に忘れ物をしましたので」

失礼します、と頭を下げ、踵《きびす》を返す。

忘れ物をしたというのは勿論、嘘だった。今すぐにでも桐生に会い、彼本人の口から事実を聞きたいという欲求を抑えられなくなっていたのだ。

桐生は当分ホテルに滞在すると言っていたから、今夜もあのホテルにいるだろう。この時間に帰宅しているか否かは謎だが、部屋を訪ね、彼から話を聞こう。

ちらと振り返ると滝来はまだその場に佇み僕を見つめていた。会釈をしてから早足で会社を目指す。

さすがに滝来も僕が会社に戻るところまで追跡はしないだろう。角を曲がったところで振り返ってみたが、滝来が追ってくる様子はなかった。

だが結局僕は会社まで引き返すと、社の前で待機しているタクシーではなく、流していた

空車に手を挙げて停《と》め、そのタクシーに乗り込んだのだった。

会社前で待機しているタクシーに乗らなかったのは、これから向かう先が近距離であるためだった。深夜残業の社員狙いの彼らは、行き先が東京駅だとあからさまに嫌な顔をする。ただでさえ心が折れかけているこんなときに、タクシー運転手の不機嫌な対応で不愉快になりたくない。行き先を告げ、シートに深く腰掛けた僕の口からは深い溜め息が漏れていた。

車窓を見やる僕の耳に、桐生の退職を告げたときの滝来の怒声が蘇《よみがえ》る。

『ご自分が原因だということを、あなた、わかっているんですか』

わかっていなかった。少しも。桐生の『ステップアップだ』という言葉を僕はそのまま信じてしまっていた。

いや——完全に信じたわけではなかったのかもしれない。理由のわからない違和感を覚えたのはおそらく、無意識のうちに彼の嘘を見抜いていたからだったんじゃないか。

なぜ、『意識的に』見抜けなかったのか。自分で自分が情けない。もし気づいていたら、そのときに桐生を問い詰めることができたはずだ。

『お前のためだ』

そう言われたとしたら僕は迷わず、

『そんなことはやめてほしい』

と主張した。

ＣＯＯ就任を目の前に退職するなんて、普通に考えてあり得ない。滝来の言う通り、ステップアップするならＣＯＯを経験してから他の会社に行くだろう。

これで桐生にヘッドハンティングの話が――しかも今の勤め先以上に好条件の勤務先からあるというのならまだ、話はわかる。

だが桐生はこの間、これから職を探すと言っていた。それは嘘ではなく、いくつか声がかかっているというが、彼が決めかねているということは、どこも今の勤務先よりはるかに条件がいいというわけではないと、簡単に推察できる。

ではなぜ、桐生は転職を決めたのか。

『ご自分が原因だということを、あなた、わかってるんですか』

「…………」

ああ、と溜め息と共に思わず悲嘆の声まで漏れそうになり、唇を噛んで堪える。

桐生に会わねば。会って言わなければ。僕のために転職をする必要などないということをしっかりと彼に伝えなければ。

滝来に頼まれたからではない。僕自身がそう望んでいる。自分の存在が桐生にとってマイナスに働いてほしくないし、桐生が僕のために犠牲を払うことも断じてしてほしくなかった。

そんなことを考えている間にタクシーはあっという間に東京駅近いＳホテルに到着した。車寄せに停めてもらい、料金を支払ってタクシーを降りる。

荷物を持たない僕に対し、ベルボーイは会釈をしてきただけだった。ご宿泊ですか、などと聞かれたら面倒だったのでちょうどよかったと安堵しつつ、桐生が宿泊している部屋に向かうべくエレベーターに乗り込んだ。

深夜といってもいいこの時間、桐生が部屋にいる確率は高いと思っていた。が、いざ部屋の前に立ってみると、桐生になんの確認もしていないということに改めて気づいた。

まず桐生はホテルを変わっていないか。そこからして確かめていない。もし今、呼び鈴を鳴らして、ドアを開いたのが桐生じゃなかった場合、こんな夜中に起こされる相手は気の毒すぎる。

どうしよう。ああ、そうだ。まずは携帯にかけてみよう。すぐ思いついてよかったと安堵しつつ携帯を取り出しかけはじめる。

『どうした？』

桐生はすぐ応対に出てくれた。寝ていた様子のない声にますますほっとしながら僕は彼に、今いる場所は前と同じホテルの同じ部屋かと確認を取った。

『そうだが？』

不思議そうに問い返してきた桐生に僕は自分の居場所を告げた。

「今、部屋の外にいるんだけど」

『なんだと？』

驚いた声を聞いた数秒後、ドアが開きそこからバスローブ姿の桐生が顔を出した。

「なんだ、来たのか」

ふっと笑い、僕のために大きくドアを開いてくれる。

「突然ごめん」

約束は明日に延期され、僕はそれに了承した。にもかかわらず押しかけたことを詫びると桐生は、

「別にいいさ」

と微笑み、僕を抱き寄せようとした。

「会いたい気持ちが募ったってことだろ？」

冗談めかして問いかけてきたが、桐生は僕の突然の来訪を相当訝っているようだった。

「それもある……けど……」

俯く僕の顎に桐生がそっと指先を添え、上を向かされる。

「どうした？」

「桐生」

呼びかけ、どう言おうかと言葉を探す。滝来の名を出すのはなんだか言いつけるようで、できればしたくなかったが、彼に聞いたと切り出さない限り話が始まらないと諦め、すべて正直に明かすことにした。

「滝来さんに聞いた。桐生が会社を辞めるのは僕のためだと」

「滝来が？」

桐生は驚いたように目を見開いたあとに、チッと舌打ちし僕に問うてきた。

「滝来が訪ねて来たんだな？　わざわざそんな馬鹿げたことを言うために」

「馬鹿げてなんていないよ。ねえ、本当なのか？　本当に桐生は僕のために会社を辞めようとしているのか？」

だとしたら馬鹿げているのは桐生のほうだ。そこまでは言えなかったが気持ちは伝わったようで、桐生が心持ちむっとした顔になり僕を見下ろしてきた。

「ステップアップだと言っただろう？　お前は俺の言葉より滝来の言葉を信じるのか？」

「だってCOOのオファーを受けたんだろう？　ステップアップするにもその肩書きを経験したほうが優位になるだろうし、それに……」

「全部滝来の受け売りだろう？」

僕の言葉を桐生が遮る。

「受け売りじゃない。ちゃんと自分でも考えているよ」

「どちらにせよ、俺の言葉を信用してないってことだろう？」

問い詰められ、うっと言葉に詰まる。

「……そうじゃなくて、桐生が僕に気を遣ってるんじゃないかと……」

俯き、彼の視線から逃れようとしたが、顎を強く摑まれ俯くことができなくなった。

「痛いよ」

本当に痛いくらいの強さだったのでそう言ったが、桐生の指は緩まなかった。

「俺を見ろよ」

「桐生」

目を上げ彼の瞳を見つめる。彼の瞳の中には怒りの炎があった。

「滝来が何を言おうが関係ない。俺の人生は俺が決める。お前が気にすることは何もない」

「でも……」

ここで言葉を遮れば、桐生の不興を買うことはわかっていた。が、どうしても遮らずにはいられなかった。

『お前が気にすることは何もない』

目の前でぴしゃりとシャッターを閉められてしまった。そう感じてしまったからだ。

「俺の言葉だけ、信じろ」

今度は桐生が僕の言葉を封じた。

「…………うん……」

そう言われてはもう頷くしかない。ここでまた『でも』と言えば桐生に『信じていないのか』と問われるだろう。

信じている。信じているけれど、僕が言いたいのはそういうことじゃなくて——説明したいが、自分でもこの胸の中のもやもやとした思いが何かをきっちり説明できない状態なのに桐生に説明できるわけもなく、それで僕は黙り込んだ。

「………」

桐生は何かを言いかけたが、すぐ、ふっと目を細めて微笑むと、僕に唇を寄せてきた。

「ん……」

優しいキス。しっとりとした桐生の唇は温かく、いつしか顎を離れていた手が背中に回っていたが、掌《てのひら》の感触も酷く温かかった。

桐生の誠意を疑っているわけじゃない。僕への想いを疑っているわけじゃない。

ただ——。

やはりこの胸のもやもやは説明できない、と首を横に振りかけたとき、桐生が僕をきつく抱き締めてきた。

「んんっ」

同時に今までの優しいキスが一転し、貪るような勢いで唇を塞《ふさ》がれる。痛いほどに舌をからめとられ、反射的に身体を引こうとすると、桐生はそれを制し尚も激しくくちづけてきた。

「きりゅ……っ」

息が苦しい。呼びかけると桐生はまた目を細めて微笑み、キスを中断したと同時にその場で僕を抱き上げた。

「わっ」

思わぬ高さに声を上げた僕を見て桐生はまた、ふっと笑うと、真っ直ぐにベッドに向かっていった。

どさりと勢いよくベッドに落とされ、起き上がろうとしたところに桐生がのしかかってくる。再びキスで唇を塞がれながら、彼の手が僕のネクタイを解くのに、僕はいつしか身を任せてしまっていた。

しゅるり、とネクタイが引き抜かれ、次はシャツのボタンが外される——いつもならその流れになるはずだった。だが何度と数え切れないほど数多く繰り返されてきた閨《ねや》での行為は、今日はまるで違う様相を成しはじめ、僕は戸惑いのあまりまた、声を漏らしてしまった。

「え……っ？」

ネクタイを解いたと同時に桐生が身体を起こしたかと思うと、やにわに手を伸ばしてきて、なんとそのネクタイで僕の両手首を縛り上げたのだ。

「き、桐生？」

関係が始まった当初は、こんなふうにＳＭまがいの行為をしかけられることもあった。が、ここ最近——どころか、最後にいつそんなことがあったかを思い出せないくらいに長い間、彼に縛られたことなどない。

一体何を、と問いかけた先では、桐生がにこやかに笑っていた。

「お仕置きだ」

「えっ」

マジか。身構える僕を見て桐生がぷっと噴き出す。

「その顔。受けるぞ」

「……桐生……」

よかった。冗談か。彼の表情からてっきりそう思い笑ったというのに、桐生は僕の手首を縛るネクタイを解こうとせず、シャツを脱がせにかかる。

「解いてよ」

まさかこのままやる気なのかと非難の声を上げたが、桐生は聞く耳持たず、今度は僕のベルトを外しスラックスを下着ごと脚から引き抜いて下肢を裸に剝《む》いた。

「桐生っ！」

手首を縛っているのでシャツは羽織ったまま、うつ伏せにさせられる。

「痛いよ、桐生。解いてよ」

腹に腕を回され腰を高く上げさせられる。四つん這いのような無様な格好が恥ずかしく、肩越しに彼を振り返り抗議すると、桐生は無言のままはだけたワイシャツをめくり、僕の頭からそれをかけた。

「おいっ」

一瞬、目の前が塞がれた状態になり、ぎょっとして声を上げたそのとき、後ろにずぶ、と桐生の指が差し込まれ、乾いた痛みに僕は思わず息を呑んだ。

「きりゅ……っ」

本当に『お仕置き』をする気なのかも。ようやく悟った僕は頭を振ってシャツを払い落とすと再び肩越しに桐生を振り返り、彼の真意を探ろうと顔を見上げた。

「怖いか？」

くす、と笑いながら桐生が僕の背に覆い被《かぶ》さってくる。

「……桐生、あの……」

怖い——これがかつて桐生に犯されまくっていたときだったら勿論『怖い』と感じたに違いない。が、彼と長くいわゆる『蜜月』状態を過ごしている今、僕の胸に恐怖心は湧かなかった。

ただただ、不可解だった。ふざけているのか。それとも本気なのか。桐生の心がまるで読めない。

「怖がってはないみたいだな」

桐生はどこまでも楽しそうに笑うと、中に挿《い》れたままになっていた指をぐるり、と大きく動かした。

「……っ」

慣らされていなかったため、違和感を覚え小さく呻《うめ》く。と、桐生は僕の背に体重をかけながら前に手を回し、萎《な》えていた僕の雄を握るとゆっくりと扱き始めた。

「桐生……」

じわりと快感が下肢からようやく這い上ってきた。雄があっという間に硬くなってくるのがわかる。

勃起と同時に違和感を覚えていた後ろが、ひく、と蠢《うごめ》き、桐生の指を締め上げた。

「なんだ、もう感じてるのか」

桐生が呆れたように笑い、入り口を押し広げながら二本目の指をぐっと奥まで挿入する。

「うっ」

またも乾いた痛みを一瞬だけ覚えたが——当然ながら女性と違って男のそこは自力で濡《ぬ》れることはないからだ——桐生が二本の指をまるでピアノをかき鳴らすように中で動かすうちに、違和感はあっという間に快楽へと姿を変じた。

「や……っ……きりゅ……っ」

前を扱き上げる手の動きは速まり、もっとも敏感といわれる先端のくびれた部分を中心に執拗に攻め立ててくる。

「あ……っ……はぁ……っ……あっ……あ……っ」

いつの間にか鼓動は高鳴り、全身にうっすらと汗が滲《にじ》んでしまっていた。呼吸も荒くなり、口からは我ながら物欲しげとしかいいようのない、甘えた声が漏れていく。

「きりゅ……っ……やだ……っ……あ……っ……あぁ……っ」

自身が腰を大きく揺らしている自覚は、既に僕にはなかった。後ろに挿入された指は三本に増えている。と、桐生が雄の先端を弄っていた手を根元に滑らせ、ぎゅっと握り締めてきた。そうして射精を阻んだかと思うと、今まで以上の激しさで後ろをかき回し始める。

「やっ……あっ……やあぁん……っ」

内壁が自身では制御できないほど勢いよく蠢き、桐生の指を締め上げた。桐生は細く長い、それは綺麗な指の持ち主なのだけれど、その指でも奥底までは到達しない。もどかしさがピークに達し、僕は彼を振り返り思わず懇願してしまっていた。

「いれて……っ……いれてよ、桐生……っ」

「挿れたら仕置きにならないじゃないか」

だが返ってきたのは桐生の呆れた声で、やっぱりこれが『お仕置き』なのかと半ば唖然としながらも僕は重ねて彼に懇願した。

「挿れてくれ……っ。もう、我慢できないよ……っ」

「………」

桐生が苦笑しつつ、尚も指を激しく動かす。

「やだ……っ」

根元をしっかりと握られている雄の先端から、先走りの液が滴り落ちた。ドクドクと脈打つその音が鼓動と重なり、耳鳴りのように頭の中で響いている。

「挿れてやってもいいが、今夜はいかせはしないぞ？　延々と絶頂を味わうことになる。それこそ頭がおかしくなるほどにな。それよりはこのまま物足りないくらいがいいんじゃないのか？」

歌うような桐生の声が耳鳴りの向こうで響いている。

延々と絶頂が続く。おかしくなるほど——その言葉だけで酷く昂まりを覚えていた僕は最早、羞恥を覚える余裕を完全に失ってしまっていた。

「挿れて……っ……挿れてほしい……っ」

切羽詰まった自分の声が響く。意識的に腰を突き出し挿入をねだる僕の耳に、バサ、とバスローブの裾を捌く微かな音が響いた。

「あぁっ」

振り返り、桐生が既に勃起している逞しい彼の雄を取り出したのを見た僕の口から歓喜の声が漏れる。

「知らないぞ」

桐生はそんな僕と目線を合わせ、そう笑うと、指を失いひくつきまくっているそこに熱い雄の先端を押し当てた。

「アーッ」

一気に奥まで貫かれ、僕の背が大きく仰け反る。

待ち侘びていたこの感覚。奥底まで埋めてくれる愛しい質感に満足し、息を吐いた次の瞬間、激しい突き上げが始まった。

「あっ……あぁっ……あっあっあーっ」

二人の下肢がぶつかり合うときに、空気を孕《はら》んだ高い音が響くほど、勢いよく腰をぶつけてくる桐生の律動に、僕はあっという間に快楽の階段を駆け上り、絶頂を迎えた。

「いた……っ……あっ……あっ……あーっ」

だが桐生が片手でしっかり雄の根元を握っているため、達することはできない。張り詰めすぎて痛みすら覚えていたために喘ぎながらも僕はなんとか桐生の指を緩めようとし、手を動かそうとした。

が、両手首をしっかり縛られた状態でうつ伏せにさせられているため、身体の下敷きになっているその手を伸ばすことができず、身体を捩ろうにも桐生がもう片方の手でしっかり背中を押さえつけているためにそれもかなわなかった。

「やだ……っ……きりゅう……っ……きりゅう……っ」

さっき桐生が言ったとおりの現象が、今、僕の身に起こりつつあった。延々と続く絶頂状態に頭も身体もおかしくなりそうな恐怖に見舞われ、堪《たま》らず彼の名を叫ぶ。

「怖い……っ……きりゅう……っ……もう……っ……もう……っ」

首を激しく横に振り、自由にならない手をなんとか身体の下から頭の上まで持ち上げ振り回す。だが雄を握る桐生の手は緩まるどころか、ますますきつく締め付け僕を絶望の淵に追い落とした。

「いやだーっ」

既に思考力はゼロどころかマイナスになっていた。怖い、という意識が僕を子供に返らせたのか、泣きたくなってきてしまう。が、桐生はどこまでも容赦なく、背中を押さえていた手を胸へと回してくると、僕の乳首を強く抓り、ますます快感を与えようとした。

「あぁっ……やだっ……いきたい……っ……いきたいようっ」

突き上げはますます激しくなり、乳首はますます強く抓られる。過ぎるほどの快感が更に増幅され、いよいよ泣きわめきそうになったそのとき、背後で桐生が苦笑する声がしたかと思うと、あれだけきつく雄の根元を握っていた彼の指が外れ、その指が竿《さお》を一気に扱き上げてくれた。

「アーッ」

張り詰めに張り詰めていたところに与えられた刺激に、僕はすぐさま達すると、自分でもびっくりするような高い声を——まさに『咆吼《ほうこう》』といってもいいような凄い声を上げて達し、

白濁した液をあたりに撒《ま》き散らした。

「……っ」

背後で桐生もまた達したのが気配でわかった。ずしりとした精液の重さも感じる。

ああ、と大きく息を吐き、背に身体を預けてきた彼の腕を握り返そうとしてはじめて僕は、まだ自分の手が縛られたままであることに気づき、なんとか自由を取り戻せないかと、もぞ、と両手を動かした。

「あとがついているな」

耳許で桐生の、少し掠れた笑い声が響き、彼の手がネクタイの結び目へと伸びてくる。

無意識のうちに手を振り回していたからだろう。結び目は固くなっていてなかなか解けず、桐生が舌打ちしたのになんだか少し笑ってしまった。

が、ネクタイを外された手首にくっきりと紫色の痕《あと》が残っているのを見ては、呑気《のんき》に笑ってはいられなくなった。

「これ……明日までに消えるかな」

「無理だろうな」

他人事《ひとごと》だからだろう。桐生が笑いながらその痕を、すっと指先でなぞる。

「どうするんだよ。これ。袖口から絶対見えるよ」

よりにもよって今夜、桐生は手首のかなり先を縛ってくれていたので——『くれていた』

という表現も変だが――隠しようがない。とはいえ明日休むことなどできようはずもなく、僕はまず自由になったその手で思わず頭を抱えてしまった。

「とんだ『お仕置き』になったたな」

悪かった、と桐生が、言葉とはうらはらに笑いながらそう言い、僕の手首を掴んで痣《あざ》に唇を寄せてくる。

「まったくもう……」

起き上がり、彼を睨むと、桐生はまた「悪かった」と笑い、僕を再びベッドに押し倒してきた。

「ん……」

覆い被さってきた彼に唇を塞がれる。

『お仕置き』という単語は未《いま》だに桐生の口から出ていたが、『何に対する』ということを彼は敢えて口にしないようにしてる。そんな気がした。

もうあの話題には触れるな。無言の圧力が僕の口を塞いでいる。

このまま口を閉ざしていていいのだろうか。僕はまだ聞きたいことを少しも聞けてはいないのだ。

だがくちづけが深くなるにつれ僕は、二度目の行為に没頭していった。

『話をしよう』と切り出すきっかけを失ってしまった――というのは言い訳で、そのとき僕がとらわれていたのは、桐生の不興を買った結果、永遠に彼とのくちづけや、今こうして抱き締めてくれている彼の腕を失ってしまったらどうしよう、という、自分でも嫌になるほど臆病な思考だった。

5

翌朝出社し、席につこうとした僕は、隣の席の橘《たちばな》がパソコン画面から顔を上げ、ちらと視線を送ってきたのに、少なからず動揺した。

「お、おはよう」

挨拶する声が不自然に弾む。

「おはようございます」

橘はすっと目線を画面に戻しつつ、淡々と挨拶を返してきた。

役者だ――というより、たいして興味を覚えなかったということか。

内心ほっとしながら席につき、パソコンを立ち上げる。

「……っ」

しまった。袖口から覗《のぞ》く手首には、くっきりと紫の痣《あざ》が残っている。今日はできるだけ人目につかないようにしなくては。慌ててさっと手を引っ込めた僕は視線を感じ、おそるおそる横を見やった。

と、橘がまたすっと目を逸《そ》らしたのがわかり、ますますいたたまれない思いに陥る。

なぜ僕がこうも橘を気にしているかというと、理由は今日の早朝、彼と寮で顔を合わせてしまったことにあった。

昨夜、突然桐生《きりゅう》の宿泊先のホテルを訪れた僕は、当然ながら夜のうちに寮に戻ろうと思っていた。が、激しすぎる行為に身も心も疲れ果て、桐生の腕の中で眠り込んでしまった結果、今朝六時に起こされるまで一度も目覚めなかったのだ。

慌てて仕度《したく》をし、桐生に「また今夜」と言い置き、ホテルを飛び出した。寮に戻りシャワーを浴びて着替えて出社すれば、余裕で始業に間に合う。

異動したばかりでもあるし、始業一時間前の八時半には会社に着いていたかったが、それにも余裕だなと思いながら寮に入ろうとしたそのとき、ちょうど出社しようとしていた橘と運悪く顔を合わせてしまったのだった。

「おはようございます」

淡々と挨拶をしてきた彼に僕もまた、

「おはようございます」

と頭を下げたが、内心では、朝帰りを見られた気まずさに頭を抱えそうになっていた。

「早いんだね」

そういうときには、話しかけなくてもいいことを話しかけてしまうという悪い癖が僕にはある。さらっと流せばいいのにそう声をかけてしまうと、橘が足を止め僕を振り返った。

「……あ、ごめん」

無言ではあるが、彼が少しむっとした様子であることに気づく。以前彼から『お互い干渉するのはやめませんか』と言われたことを思い出し、しまった、と思うあまり僕はつい頭をかいた。

「……っ」

と、橘が目を見開き絶句する。

「え？」

だが僕が戸惑いの声を上げたときには彼はそのまま前を向き、足早に駆け去っていった。

「？」

何か驚かせるようなことを言うか、するかしたか？　と首を傾《かし》げながらも腕を下ろした僕の目に、くっきりと手首に残る紫色の痣が飛び込んでくる。

「あ」

驚かせたのはこの痣か——気づいたと同時に、さあっと血の気《け》が引いたが、見られたものはどうしようもないか、と無理矢理思考を切り替え、シャワーを浴びるべく部屋に戻ったのだった。

出社する地下鉄の中で僕は、橘に対し、何か言い訳を用意したほうがいいか、散々考えた。友達にふざけて縛られただけだ。変なことを考えないでくれよ、とか。

彼女との行為の最中、ふざけて——あくまでもふざけて——縛られたけど、普段はそんなことしないよ、とか。

しかし何を言ったとしても不自然だろうし、言えば言うほど墓穴を掘る気もする。そもそも橘からは『干渉するな』と言われているのだから、このまま流してしまえばいいのでは、と自分の中で結論を下したのだが、出社した途端に彼の視線の洗礼を受けた、というわけだった。

見られはしたが、やはり彼は問いを発してくることはなかった。からかってくることも当然ない。

触れずにいてくれるのだ。このまま、できるだけ彼には手首を見られないよう気をつけつつ今日を乗り切ろう。

彼ばかりでなく、他の皆に対してもそうだよな、と思っていたというのに、その日の昼前、以前東京で勤務していたときの上司である野島《のじま》課長に昼食を誘われてしまった。

野島課長は懐かしくはあるが、今日はちょっと会うのを遠慮したい。とはいえせっかく声をかけてくれたのに、用もないのに断るのは申し訳ないかと考えた結果、僕は両手首にそれぞれ湿布を貼り、彼と約束したパレスサイドの鰻屋《うなぎや》に向かったのだった。

「長瀬《ながせ》、久し振り！」

課長はすでに席についており、僕を見つけると笑顔で立ち上がり手を振ってきた。

「どうした？　腱鞘炎《けんしょうえん》か？」

すぐさま手首の湿布に気づき問いかけてくる。

「はい」

「内部監査は作成書類も多そうだしな。無理すんなよ」

野島課長はありがたいことに、湿布に違和感を覚えなかったようだ。よかった、これで痣に気づかれる心配はないと安堵《あんど》し、彼との会話に集中できるようになった。

「内部監査部、どうだ？　営業とは違うだろう？」

「はい。社内ルールはひととおり知っているつもりでいましたが、穴だらけだったと思い知らされて愕然《がくぜん》としてます」

「あはは、わかるわかる。そういう意味でも若いウチに一度経験しておくにはいい部署かもしれないな」

野島課長はそう言ったあと、不意に身を乗り出し、僕の耳許《みみもと》に囁《ささや》いてきた。

「一応、長瀬にはウチの背番号がついているからな。そのうちに戻せるよう俺も尽力する。くさらず待っていてくれ」

「ありがとうございます」

当人としてはあまり『くさってる』という意識はなかったが、ずっと営業畑を歩んできた課長の感覚もわかったので、僕は素直に頭を下げ謝意を示した。

それから話題は自動車部のことに移ったのだが、そこで僕は懐かしい名前を聞いた。

「そうそう、今度田中《たなか》が出張で戻ってくるぞ。一週間はいる予定だ。同期でも集まるだろうが、自動車の飲みにも是非参加してくれ」

「田中が？」

懐かしさから思わず声が弾む。

田中は僕の同期で、親友といってもいい間柄だった。『親友』という以上のあれやこれやも過去にはあったが、今はまた『親友』に戻っている。

出張で日本に来るのなら、知らせてくれればいいのに。水くさいなと思いはしたが、僕自身、東京に戻るという連絡を彼にしていなかったと気づき、心の中で肩を竦《すく》めた。

辞令がイントラに載ったのを見て、田中から連絡をくれたのだが、そのとき彼から、

『水くさいじゃないか』

と責められたことを思い出したのだ。

『まさかお前の発令を異動通知で知るなんて』

とさんざん嫌みを言われた、その意趣返しかもしれない。

知った上には、また尾崎《おざき》や吉澤《よしざわ》に声をかけ、ゴルフにでも行くことにしようと心を決めると僕は野島課長に、田中がいつからいつまで日本にいるのか、詳細を聞いたのだった。

野島課長はこれから外出だというので、店を出たところで別れることになった。

「そういやもう、監査業務に入るのか？」

歩きながら課長がそう話を振ってくる。

もう該当部には通達がいってることだし、話しても問題ないだろうと思い僕は、

「はい、来週大阪に行ってきます」

と、化学品の子会社である社名を告げた。

「あそこかー」

野島課長が複雑な顔になる。

「同期が大阪の化学品にいるんだが、その会社はイマイチ評判がよくないらしい」

「そうなんですか？」

知らなかった。目を見開いた僕に課長は、

「キナ臭いところがあると聞いたよ。だからこそ内部監査が今入るんだろうが」

と告げると、また何かわかったことがあれば連絡すると言ってくれ、課長は駅に、僕はオフィスに戻った。

席に戻ると机の上にメモがあり、取り上げて読んだ僕はなんともいえない複雑な気分に陥った。

『滝来《たきらい》さんという方がアポなしでいらっしゃいましたが、昼休みで不在と伝えるとまた来ると仰《おっしゃ》ってました』

滝来が来た――？　昨日の今日でどんな用があるというのだろう。

念押しだろうか。それとも他に用件があったのか。気になる。と僕は、以前彼から連絡があった際、電話帳に登録しておいた彼の携帯番号を呼び出しかけはじめた。

『はい、滝来です』

滝来はワンコールですぐ応対に出た。

「あの、長瀬ですが」

『ああ、長瀬さん、すみません。連日押しかけまして』

電話の向こうから爽やかともにこやかとも表現できる、明るい滝来の声が響く。

「あの、ご用件はなんでしょう」

『お詫《わ》びに伺ったのです。五分ほどですむのですが、今、ちょっと出られませんか？』

まだ滝来はこの近くにいるようで、僕にそう問いかけてきた。

どうしよう――迷ったが、断れば午後中彼のことが気になってしまうに違いないとわかっていたため、僕は申し出を受けることにした。

「わかりました。それではロビーで」

『申し訳ありません』

謝罪をし、滝来が電話を切る。

一応勤務時間内だし断ったほうがいいだろうと判断し、大河内《おおこうち》課長の席へと僕は向かった。

「すみません、ちょっと五分ほど外したいんですが」

「五分なら断らなくてもいいよ」

大河内が苦笑し肩を竦める。

「……はあ……」

そうか。五分なら今までも別に上司に断ったりしなかった。やはり構えすぎているようだ、と僕は反省しつつ大河内に「すみません」と頭を下げ、席に戻ると、手帳と携帯を机の上から取り上げ、そのままフロアを出ようとした。

一応、声をかけておくかと橘にも、

「ごめん、五分ほど外すから」

と言ったが、橘はパソコンの画面から顔を上げようともせず、ただ、

「はい」

とのみ頷《うなず》いただけだった。

仮に手首の痕《あと》の言い訳を考えたところで、この様子では釈明のチャンスはないかもしれない。そんなことを思いながら僕はエレベーターホールへと向かい、滝来の待つロビー階に降り立った。

滝来の用件というのは果たしてなんなのか。昨日のリマインド——ではないよな？

予想がつかないだけに緊張が高まる。が、ロビーのソファに座っていた彼が僕を見て立ち

上がり、笑顔で歩み寄ってきたその顔を見たとき、そう悪い用件でもないのかなという漠然とした予感を抱《いだ》いた。

「本当にすみません」

ロビー階のオープンスペースには予約不要の打ち合わせブースがある。そこで二人で向かい合って座った途端、滝来が深く頭を下げてきた。

「あの？」

「ボスに叱《しか》られました。余計なことはするなと」

苦笑する滝来を前に、桐生の奴、もう本人に言ったのかと僕は瞬時にして青くなった。言いつけた――という意図はなかったが、それと同じ結果になったと察したからだ。

「……申し訳ありません」

「いえ、長瀬さんがすぐ、ボスのもとに向かうと予想はしていましたから」

滝来は相変わらず微笑《ほほえ》んでおり、彼の瞳に昨夜のような険しい光が浮かぶことはなかった。

「ボスはもう、退職を決めています。既に数社がコンタクトしてきて、条件等を詰めているという話でした」

「……そうですか……」

滝来が桐生にその話を聞いたのは今日だろうか。昨夜僕にはそんな詳しい話をしてくれなかったけれど。なんとなく、もや、とした思いが胸に立ち込めてくる。

「しかしここにきて、新たな可能性も出てきたのです」

滝来が本当に嬉《うれ》しそうな顔で言葉を続ける。

「可能性？」

「はい。ＣＥＯがボスに、勤務地は日本でいいから会社に残ってほしいと申し出てきたんですよ。先ほどお伝えしたらボスも満更でもない様子で」

サラリー他、条件も今よりいいこともありまして、と滝来は笑顔でここまで喋《しゃべ》りきったあと、

「すみません、みっともないですね。はしゃぎすぎました」

と自嘲《じちょう》し、改めて僕に頭を下げてきた。

「ボスに叱責されたこともありますが、自分でも昨夜の失礼な物言いはお詫びすべきだと考え、こうしてお邪魔しました。お時間をとらせ申し訳ありません。そして昨夜は大変、失礼いたしました。いい年をして恥ずかしいです」

「いえ、そんな。頭、上げてください」

深く、本当に深く頭を下げる滝来に僕は慌てて声をかけ、彼の謝罪を退けた。

「お時間をとらせ、申し訳ありませんでした。それでは失礼します」

滝来は再度深く頭を下げその場を辞したが、時計を見ると所要時間はきっちり五分で、さすがだ、と僕は感嘆の息を吐いてしまったのだった。

すぐさま席に戻り、仕事にかかる。だがパソコンの画面を見つめていてもついぼんやりと桐生や滝来のことを考えてしまっていることに気づき、自分が情けなくなった。

気持ちを来週、初めて経験する内部監査の仕事に向けて切り替える。

そういえば野島課長が気になることを言っていた。ことの真偽はともかく、上司の耳に入れておいたほうがいいだろうかと考えたが、判断がつかなかったので橘に相談することにした。

「橘君、ちょっといいかな」

声をかけると橘が、煩《うるさ》そうに眉を寄せ僕を見る。

「なんですか」

「実は昼に昔の上司から、来週監査に行く事業投資会社のあまりよくない噂を聞いたんだけど、一応、大河内課長の耳に入れておいたほうがいいと思う?」

「…………」

それを聞き、橘は眉間《みけん》の皺《しわ》をますます深めると一言、

「好きにしたらいいんじゃないですか」

と告げ、再びパソコンの画面に視線を戻した。

「あ……うん」

『言い捨てた』という表現がぴったりくる物言いに、少しむっとはしたが、言い方が気に入らないと切れるのも大人《おとな》げない。

それで僕はちょうど席に戻った大河内課長のもとに向かい、

「少しよろしいでしょうか」

と声をかけた。

「いいよ。会議室、行こうか」

大河内は橘とはくらべものにならないほどの愛想のいい対応をしてくれ、僕たちは席に近い会議室に入った。

そこで僕は野島課長に聞いた話を伝えたのだが、話し終えると大河内は難しい顔になり、

「長瀬君」

と僕の名を呼んだ。

「はい」

怒られる。予感が当たったことはすぐ証明された。

「まずは、監査に向かう先をいくら前の上司とはいえ簡単に明かしてはいけないよ」

「……申し訳ありません」

対象部に監査が入ることは通達されているから大丈夫だと思ったのだが。しかし言い訳をする前に謝罪だと頭を下げると、頭の上で大河内の溜《た》め息《いき》が聞こえた。

「君は既に通達されているから明かしてもいいと思ったのかもしれないが、どの部署に誰が監査に行くかは当日になるまで該当部にも明かされていないんだよ。事前にわかるとほら、

懐柔されるかもしれないだろう?」

「………はあ………」

暗に、前の上司に言わされた、ということを皮肉られていると察し、項垂《うなだ》れた僕の肩を大河内がぽんと叩く。

「最初は誰でもそんなもんだ。今後気をつければいいさ」

「……申し訳ありません」

気にするな、と笑ってくれる課長に、改めて頭を下げる。

「その悪い噂なら、我々の所にも届いているよ」

大河内はまたぽんと僕の肩を叩き、おもむろに話題を変えた。

「………」

やはり既に知っていたか。野島課長も言っていたが、だからこその内部監査ということなんだろうか。

顔を上げた僕に大河内はニッと笑ったあと、すぐさま厳しい顔になり言葉を続けた。

「経費面で不正があったと思われる箇所がある。そのあたりをきっちり見てきてほしい」

「わかりました」

頷くと大河内は「よろしく頼む」と微笑み、立ち上がった。僕も課長に続いて椅子《いす》から立ち、会議室をあとにした。

席に戻ると、橘がちらと僕へと視線を向けてきた。

「怒られちゃったよ」

何も問われたわけではないが、隠していると思われているのも癪《しゃく》なのでそう言ったのだが、橘のリアクションには少々むっとしてしまった。

「でしょうね」

「…………」

そう思っていたのなら、最初に教えてくれればよかったじゃないか。喉元まで出かかった言葉を僕は気力で飲み下した。

言ったところで結果は変わらない。彼はこういう人間だと認識すればいいだけのことだ。何も友達になろうというわけじゃない。単なる仕事仲間だ。しかも僕のほうが年次は上なのだから、広い心で接するべきだ。

まあ、部内での経験は彼のほうが少し上だから、助けてもらうことも多いのだろうが。やれやれ、と溜め息を漏《も》らすと僕は、まずは仕事だ、と監査の内容や調査の際の留意点が書かれたマニュアルを、内容のすべてを頭に叩き込む勢いで読み始めたのだった。

翌日も僕は一日、監査の基本を習得するべく、仕事に集中して過ごした。色々と気になるところを調べている間に夜はすっかり更け、気づけばフロアには僕だけになっていた。

もう帰ろう、とパソコンの電源を落とし、フロアの電気を消してエレベーターホールに向かう。

橘は今日、英語の研修のために早い時間から席にいなかった。今夜はそのまま帰宅したようで戻ってこなかったが、それにしても、と昨日のやりとりを思い出し、僕は思わず溜め息を漏らしてしまった。

『怒られちゃったよ』

『でしょうね』

あれはないと思う。今日も彼は僕に対し、向こうからは一言も口をきいてこなかった。僕に対してだけではないのが救いではあるが、だからといって不快に思わないでいられるわけもない。

不快、というよりは落ち込むといったほうが正しい。一緒に仕事をする仲間とはできれば友好な関係を築いていたいが、橘とは『友好』どころかこれじゃあ『反目』しているようで、なんだか疲れてしまうのだ。

来週は彼と二人で出張だ。当然ながら移動も一緒だしホテルも一緒である。内部監査の期間は一週間。その間はオフィスでもホテルでも彼と行動を共にすることになる。

とはいえ別に旅行に行くわけじゃないから、『行動を共にする』といっても部屋も別だろうし、食事だって橘の様子を見るにつけ、それぞれにとることになりそうだ。

以前、自分の所属していた部が内部監査を受けたときのことを思い起こすに、内部監査の人たちは終日、会議室にこもっていたが、終業時間前にはその会議室に鍵をかけ、帰っていった。

その時点でその日の仕事が終わったということなら、夜は大阪に配属されている同期を呼び出して久々に飲むのもいいかもしれない。

初回ゆえ、勝手がまるでわからないが、聞くことのできる相手の橘はあの調子だし、行って自分で確かめるしかない。そんなことをつらつら考えながら、混雑はしていないが座れない地下鉄に揺られ、ようやく寮に到着した。

部屋に戻ったら桐生に連絡を入れようか。昨日会ったばかりなのにと呆《あき》れられるかな。どうしようかと迷いつつ、ポケットに入れていた電話を握り締める。

昨日は結局明かせなかったが、滝来から話を聞いたことはやはり、このまま話さないほうがいいだろうか。心の迷いに対する答えは、未《いま》だ僕の中で出ていない。

桐生の選択は気になる。だが下手に聞くとまた、滝来から聞いたとバレそうだ。結果桐生は『俺より滝来を信用するのか』とまた不快になるだろう。そんなつもりはないのにそうとられるのはちょっと辛《つら》い。

ぐるぐると似たようなことを考え、携帯を握ったり、またポケットに戻したりしながらエントランスを入ったところで、僕の耳に男の怒声が響いた。

「なんなんだよ、お前のその態度はっ！」

「？」

深夜近い時間だというのに、何を騒いでいるのだろう。場所はエントランスの隣、皆の団《だん》欒《らん》スペースであるロビーだった。

好奇心は駆られたが、早く電話をしたかったのでそのまま通り過ぎようとした僕の目が、大勢に囲まれている橘の姿をとらえた。

「え？」

どうしたんだろう。思わず足を止めた僕の前で、法務部の若手が橘の胸倉を摑《つか》み、怒声を張り上げた。

「ふざけんなって言ってるんだよっ！　お前、今何言った？」

対する橘は、さも面倒くさそうな様子でそっぽを向く。

「てめえっ」

「おい、よせよ、川田《かわた》！」

「そうだ、殴ったらこいつの親父《おやじ》が出てくるぞっ！」

周囲に集まった皆がそれぞれ止めに入る中、今度はいきなり橘が大声を出したものだから、僕はびっくりしたあまり、彼らに駆け寄ってしまった。

「本当のことを言って何が悪い！　単にお前は能力がないから司法試験に受からなかったんだろっ」

「なんだとっ」

川田という若者が怒りに顔を赤く染め、橘に殴りかかる。

「よせ、川田！」

「殴ったら人事が……っ」

皆が止める、その輪の中に僕は割って入った。

「何してる？　こんな夜中に」

「あ、長瀬さん」

顔見知りの自動車部の二年目が、僕の名を呼ぶ。その場にいたのは皆、僕より年次が下の連中ばかりだったことが幸いした。

「早く部屋に戻れよ。主務さんが起きてくるぞ」

「……はい」

「わかりました」

皆、渋々といった様子ながらも、ぞろぞろとロビーから去っていく。一人残ったのは橘で、俯《うつむ》いたままその場に立ち尽くしていた。

「橘君」

声をかけると彼は顔を上げ僕を見たが、黒縁眼鏡《めがね》のレンズの奥の目にはなんの感情も浮かんでいなかった。

「どうした?」

「なんでも」

そっけなく答え、会釈をすると彼は僕の横をすり抜け、立ち去ろうとした。

「………」

お互い干渉するな、か。

彼にしたら僕の仲裁など、『余計なこと』以外の何ものでもないのだろう。むっとしないといえば嘘になるが、むっとしたところで彼の態度が改まるわけでもないし、と僕は溜め息を漏らすとそのまま自分の部屋へと向かったのだった。

桐生に電話を入れたが、彼は応対に出ず留守電につながった。何かメッセージを残そうかと考えたが、またかければいいかと電話を切り、風呂に入ることにした。

寮の風呂は共同で、一晩中入れる。この時間だとそう混んでもいないだろうと着替えを持ち、地下にある大浴場を目指した。

ありがたいことに、大浴場は無人だった。安堵したのは手首の痕が未だに薄く残っていたためだ。

服を脱ぎ、風呂場に入る。髪を洗っているとき、誰かが入ってくる気配がした。振り返るのもなんだと身体《からだ》を洗い続け、石鹸の泡を流して浴槽に向かう。浴槽に入る際に洗い場を見渡すことになるのだが、そこではじめて僕は入ってきたのが橘だと気づいたのだった。

なんだか気まずいなと思い、挨拶しようかと思ったが、距離があったので声もかけづらくそのままにしてしまった。

一人きりで広い浴槽に浸《つ》かると、やっぱり気持ちがよくて、思わず、ふう、と大きく息を吐き出したそのとき、橘が顔を上げ、僕のほうを見たのがわかった。

「………………」

目を細め凝視しているところをみると、僕だとわからないらしい。眼鏡を外しているのできっと見えていないのだろう。それなら、と僕は名乗ることにした。

「長瀬だけど」

「……ああ……」

橘はそう言うと、ざっと身体を流し、なぜか浴槽へと向かってきた。

「さっきはどうも」

並んで風呂に浸かりながら彼が、ぼそ、とそう告げる。

「え？」

まさか彼の方から話しかけてくるとは思わず、戸惑った声を上げてしまった次の瞬間、橘がふいと横を向いた。

「ああ、別に気にしなくていいよ。実際、主務さん起きてきたらマズかったし」

慌てて彼に返事をする。ようやく会話がはじまったことに、やはり戸惑いと、そしてなんともいえない期待感を覚えながら僕は自分からも彼に話しかけることにした。

「絡《から》んできていたの、法務の若手だっけ？」

わかっていながら確認をとる。だが問いかけたものの、返事があるかどうかは半々かと僕は考えていた。

「そうです」

「司法予備試験のことで絡まれた？」

返事が得られたので、今度はどうかと探りつつ問いかけたが、今度こそ返事はないと思ったのに、予想に反し橘は憮然《ぶぜん》とした口調ながら答えてくれた。

「そうですよ。司法試験を受けないならなぜ予備試験を受けたのかと……しかも合格したことを自慢げに言いふらすのはみっともないだのなんだのと、いつものように絡まれただけです」

「いつも……」

それは気の毒だ、と僕は思わず同情の視線を彼へと向けてしまった。

「『いつも』は言い過ぎです」

と、橘はバツの悪そうな顔でそう言ったかと思うと、ふいと視線を逸らせた。

沈黙が二人の間に流れる。

「ええと……お先に」

場が持たない。それで僕は先に浴槽を出ようとしたのだが、そのとき、ぼそ、と聞こえないような声で橘が言葉を発した。

「ありがとうございました」

「え？」

意外すぎたため、聞き返してしまったが、二度言わせるのは悪い、とすぐ僕は彼に、

「いや、ほんとにたいしたことしてないから」

と笑顔で首を横に振った。

「……先、出ます」

ざば、と橘が浴槽の中で立ち上がる。

「あ、うん」

結局先を越されてしまったため、僕はもう少し湯船に浸かっていることにした。

橘が身体を流し、浴室を出ていく。

「…………」

そういやあいつ、身体を洗ってなかったんじゃあ？　と気づいたのは、少し経《た》ってからだった。

礼を言ったことで相当、いっぱいいっぱいになってしまっていたのだろうか。だとしたらちょっと可愛いかも。思わず微笑んでしまいながらも僕は、今も、そして先ほどの川田に絡まれたときにも、いつも淡々としている彼が酷《ひど》く感情的になっていたことを思い出した。

それだけ、司法試験のことには触れられたくないのか、と首を傾げ、すぐ、違うな、と気づく。川田に絡まれていても橘は面倒くさそうにしていただけだったが、父親のことに話題が及んだ瞬間、激昂したのだった。

大河内課長から橘が、あまりいい意味ではなく有名な弁護士である父のことで、法務部で相当嫌な目に遭ったと聞いた。

父親に対して橘は、やはり何か特別に思うところがあるのではないか。その『何か』はマイナスの感情であり、それで彼はああも激昂《げっこう》したのではないか。

もしや司法予備試験を受験したのも、父に対する反発とか、そういう理由があるのかもしれない――と考えたものの、正解は橘に聞かない限りわからないし、聞いたところで彼が話すとも思えないか、と僕は思考の継続を放棄した。触れられたくない心の部分をあれこれ詮索するのはあまりいい趣味じゃないと思ったせいもある。

ともあれ、今夜は彼から礼を言ってもらった。少しは距離が縮まったと思っていいかはわからないが、少なくとも今までの、ぎくしゃくした——と僕が一方的に思っているだけかもしれないけれど——関係からは一歩進んだように思う。

来週は共に大阪出張に向かうのだし、それまでにはもう少し打ち解けられるといいな、と僕は一人頷くと、そろそろ逆上《のぼ》せてきてしまっていたこともあり、勢いよく浴槽を出たのだった。

6

いよいよ僕の、初監査の日となった。

午後からスタートということだったので、一度出社してからすぐさま東京駅に向かう、というスケジュールを立て、僕は必要書類が入った鞄を手に大河内課長の席へと向かうと、

「これから行って参ります」

と頭を下げた。

「頑張れよ。初監査」

大河内は僕に笑顔でそう言ってくれたあと、僕の背後で手持ち無沙汰《ぶさた》といった様子で立っていた橘にも、

「頼んだぞ」

と声をかけた。

「はい」

相変わらず橘は淡々と頷くと、

「いきましょう」

と僕に声をかけ、すたすたとフロアを出ていってしまった。

「まあ、うまくやってくれ」

大河内が苦笑し、僕を送り出してくれる。

「いってきます」

うまくやれればいいけれど——少々不安を覚えつつも僕はもう一度大河内課長に頭を下げ、橘のあとを追った。

橘との距離は少し縮まったのでは——という僕の希望的観測は、あまり当たってはいなかったようだ。

あの日以降、彼の態度が軟化したということはまるでなく、無駄口は一切叩かないどころか、愛想の欠片《かけら》もない対応はもしやそれまで以上かも、と思わせるものがあった。

今も僕が彼に遅れてエレベーターホールへと駆け込むと、彼はちらと僕を見ただけで何も言わず、下向きのボタンを押している。

「お待たせ」

一応声をかけたがリアクションはまったくなかった。この調子で大阪までの二時間半を過ごすのかと思うと憂鬱《ゆううつ》になったが、その時間は予習をしていればいいかと気持ちを切り替え、僕は橘と共にすぐに来たエレベーターに乗り込んだ。

東京駅までのタクシーの中でも、新幹線に乗り込んでからも、橘との間に会話らしい会話はなかった。

車内販売が回ってきたときに、

「昼食は車内でとっておきましょう」

と声をかけてくれたのが唯一の会話で、食事中はさすがに目を離していたが、それ以外の時間、橘はずっと書類を眺めていた。

僕も同じく書類を見てはいたが、隣の橘が気になり、あまり集中できなかった。

気にする必要はないとはわかっている。だが、二人並んで座っているのに、一言の会話もないというのは、不自然としかいいようがない。

一週間、この状態が続くのか。さすがにいたたまれなくなりそうだ。仕事中は彼も会話くらいはするだろうが、オフではずっと黙りのつもりだろうか。少しは話そうよ、と横を見るが、取り付く島がない。

まあ、なるようになれだ、と漏れそうになる溜め息を堪《こら》えながら僕もまた集中しようと書類を読み始めたのだった。

大阪に到着し、化学品本部に挨拶に行ったあと、橘と僕は、大阪支社とは同じビルの違うフロアにある事業投資会社、T社へと向かった。

「内部監査の橘です」

「長瀬です」

受付で名乗るとすぐ、会議室に通された。

「どうも。業務部長の加藤《かとう》です。この度はお世話になります」

すぐに五十代と思《おぼ》しき加藤部長が現れ、『若造』の僕たちに頭を下げる。

「よろしくお願いします」

加藤部長は確か本社からの出向だった。社内で、しかもかなり年が上の人間に、こんなにも丁重に扱われたことはないと、戸惑いながらも頭を下げたのは僕だけで、橘は実に淡々と用件を話し始めた。

「依頼した書類は用意できていますね？」

「あ、はい」

挨拶もなくいきなり橘にそう切り出され、加藤部長が戸惑った顔になりつつ頷く。

「今日は総務人事関係を。明日から営業部をチェックします。疑問点が生じましたら電話をしますので何番にかければいいか教えてください」

「……わかりました。それではここに」

次第に加藤部長の目が険しくなっていくのが、傍《はた》から見ていてもわかった。自分の内線と

思われる番号を書いたメモを橘に差し出しながら、彼はついに、

「ところで橘さんは何年目なんです？」

と問うてきて、僕を内心ひやりとさせた。

「内部監査部に配属されて何年目か、という意味ですか？」

橘が真っ直《ます》ぐに加藤部長を見つめ問い返す。

「……ええ、まあ」

年功序列を取り沙汰する気かと暗に言ったのがわかったのだろう。加藤部長は、ぐっと言葉に詰まると、すぐ、

「それではよろしくお願いします」

わざとらしいほどに丁寧に頭を下げ、立ち上がって部屋を出ていった。

「…………」

ふう。思わず溜め息を漏らした僕に、橘の視線が移る。

「時間がないんです。チェックポイントはわかってますよね」

僕に対しても、淡々と、そしてあきらかに上からそう問いかけてきた彼を前に、またも僕は、やれやれ、と溜め息を漏らしそうになったが、目の前に詰まれた書類を見ると呑気《のんき》に溜め息などついていられないかと気づいた。

「わかっているつもりだけど」

「では総務関係、お願いします。什器《じゅうき》備品の購入と文書保存の年限のチェックを入念に。僕は人事関係やりますので」

「わかった」

頷き、ファイルを開く。少々心許《こころもと》なかったのでチェックポイントを書いた書類を取り出し横に置くと、橘は一瞬、呆れた顔になったが何か言ってくることはなかった。

その後、就業時間まで僕と橘は部屋にこもりチェックを続けた。橘は時々立ち上がり、電話で加藤部長を呼びつけては、追加資料を持ってこさせ、そのたびに部長を詰問した。

「勤惰管理ですが、この部署、三六協定に抵触していますよね。事前に通達はしなかったのですか」

「あきらかに事後処理ですよね。データとの齟齬《そご》があります」

詰問されるたびに加藤部長は青くなり、すぐさま関係者を呼びつけ説明させる。

僕が担当した総務関係の書類にも、不備はあった。なので加藤部長に連絡を入れたが、とても橘のように居丈高《いたけだか》な態度は取れなかった。

午後六時、ようやく今日のノルマが終わり、やれやれ、と伸びをしていると、橘がじろ、と僕を睨《にら》んできた。

「え？」

「もう少し要領よくしてもらわないと。明日はいよいよ営業部です。今日のペースでは五日では終わりません」

「あ……申し訳ない」

叱責か。自分では今日のノルマをこなしたつもりだったが、どうやら力不足だったらしい。

「わかった。明日は気をつける」

スピードアップしろということかと納得し、頷いた僕に橘は何か言いかけたが、すぐにすっと目を逸らせると、

「それでは今日は帰りましょう」

と言い、立ち上がった。僕も彼に続き部屋を出て、彼が施錠するのを背後で眺めていた。

「それじゃ」

そのまま立ち去ろうとする橘に、『それじゃ』ということはこれからは別行動ということか、と驚き、僕は彼に声をかけた。

「橘君」

「はい」

足を止め、振り返った彼に僕は、

「夕食は？　誰かととるのか？」

と問いかけた。

「いえ」

「一緒に行かないか？」

断られるかな。半ば覚悟しつつそう誘うと、橘はあからさまに迷惑そうな顔になった。

「食事ですか」

「うん。誰とも約束していなかったら」

「別に約束はしていないですが……」

橘がいかにも断りたそうにしているのはわかったが、この先一週間、一緒に過ごさざるを得ないことを思うと、少しでも関係をよくしておきたくて、僕は気づかないふりを貫くことにした。

「それなら行こう。どうせホテルも一緒なんだし」

「………部屋は別ですが」

ぼそりと橘が呟《つぶや》く。

「当然だよ」

男同士でツインとか、あり得ない、と僕は思わず噴き出したが、橘は笑われたことに少々むっとしているようだった。

「先にホテルにチェックインしますか？」

愛想なく問いかけてきた彼に、荷物もあるし、そうだな、と僕は同意し、会社からは歩いても行かれるビジネスホテルへと向かうことになった。が、そこでは思いもかけないアクシデントが僕らを待ち受けていた。

シングル二部屋を確かに予約したはずが、ツイン一部屋に勝手に変更させられていたのである。

「申し訳ありません」

どうやらシステムエラーらしく、フロントは平謝りしたものの、今日から水曜日までの三日間は全館満室で他に部屋は用意できないと頭を下げられてしまった。

大きな展示会があるとのことで、ビジネスマンの宿泊客が多いそうである。どうするか、と僕も橘も唖然《あぜん》としてしまったが、展示会が理由では他にホテルを探したとしても満室だろうし、と渋々ツインの部屋を受け入れることにした。

ホテル側の配慮なのかはわからないが、ビジネスホテルにしては広めのツインで、そこだけは助かった、と僕は橘を見、橘も僕を見て、二人して溜め息をつき合った。

「……まあ、ホテルには帰って寝るだけだし」

そう思うようにしよう、と笑った僕の耳に、ぼそりと呟く橘の声が響いた。

「ダブルじゃなくてよかった」

「…………うん……」

もしダブルだとしたら、このホテルをキャンセルし、なんとしてでも別を探していただろう。確かに、と頷いた僕はそのとき、橘が僕と同じような感覚で――世間一般的にいって、友人同士でもない、出張者の男二人が同室などあり得ないという、そうした感覚で言っているものだとばかり思っていた。

ホテルに荷物を置くと、夕食をとるべく僕たちは一旦ホテルを出た。

「何か食べたいものある？」

「別に」

会話は相変わらずさっぱり弾まず、店の選択も橘は放棄したので、仕方なく僕は以前大阪に出張で来たときに同期に連れていってもらった居酒屋に向かうことにした。

合コンにぴったりの小洒落《こじゃれ》た居酒屋で向かい合い、まずは生、とビールを頼んでグラスを合わせる。

メニューを見せようとすると「任せます」と突き返されたので、仕方なく僕は今日のお薦めの中から数品と、あとは定番といわれるメニューを二つばかり選び店員に注文した。

「…………」

「…………」

またも沈黙が二人の上に流れる。

「ええと……」

何か話さないと場が持たない。大阪は何度目かとか、聞いたところであまり話は弾まないだろうが、それでもそのくらいしか話題がなく、口を開こうとしたそのとき、橘のほうから話しかけてきて、僕を内心驚かせた。

「長瀬さん」

「なに？」

僕は正直、何を言われるのかまったく予想していなかった。なので、早くも空になったジョッキをテーブルに下ろした橘が告げた次の言葉に、驚いた余りその場で固まってしまったのだった。

「長瀬さん、ゲイなんですか？」

「えっ？」

唐突な問いかけに、最初、何を聞かれたのか、把握できずに僕が絶句しているところに、

「お待たせしましたー」

と店員が料理を運んできて、ようやく我に返ることができた。

「ち、違うけど？」

ゲイ——ではないと思う。僕が好きなのは桐生で、その桐生が男だったというだけのことだ。桐生以外の同性を恋愛の対象として見ることはない。

そう思うがゆえ、即刻否定した僕の前で、橘が驚いた顔になった。

「違うんですか？」

「違うよ？」

確認を取られ、頷く。

「………じゃあ……」

と、ここで橘が何かを言いかけ、口ごもった挙げ句に僕から目を逸らせた。

「なに?」

言いかけてやめられると気になる。未だ動揺してはいたが問いかけると橘は、言いづらそうにしながらも口を開いた。

「……いえ、その……風呂で裸を見たとき、身体にキスマークがたくさんついてるし、あとはその、手首に縛られた痕もあるし、てっきりそういう趣味のある男と付き合っているのかなと……」

「………………」

何とも答えようがなく、黙り込みそうになったが、ここは否定するところだと気づき、慌てて喋り出す。

「誤解だよ。そんな趣味はないし」

桐生にも、僕にも——これは嘘じゃない。そう思いながら訂正したあと、もしかして、と僕はあることに気づき、それを確認したくなった。

「橘君が僕に対して身構えているのって、もしかしてゲイだと思ったから?」

「………」

橘が無言のまま、項垂れる。

まさか当たりだったとは。唖然としつつ、もう一つ、もしかして、という可能性に気づき、それも確かめてみることにした。

「こうして食事に誘ったのも、狙われた、と思ったとか？」

ホテルの部屋がダブルじゃなくてよかった、というのももしや、『身の危険』を感じたがゆえの発言だったのかと、それも確かめたくなり、問いを重ねようとした僕の前で、橘がいきなり深く頭を下げてきた。

「すみません」

「…………いや、いいけど」

この謝罪はやはり、『僕に狙われていた』とおののいていたことへの謝罪だろう。そんなに疑わしい言動をしていただろうか、と少々憤《いきどお》りながらも、手首の痣やキスマーク——強度の近視っぽかったから気づいてはいまいと思っていたのだが——を見られたとなると、その誤解も仕方がないかも、と自らを反省した。

「すみません。僕の周囲にゲイの人、結構いるもので……」

橘がフォローしようとしたのか、頭をかきそう言葉を足してくる。彼のために生ビールを追加してやったあと、僕は今の彼の発言が気になり、つい、突っ込んでしまった。

「周囲にゲイの人って、たとえば誰？」

心持ち声を潜めた問いかけに、更に声を潜め、橘が答える。

「大河内課長とか」

「ええっ？」

知らなかった、と驚いたものの、本当かな、という気になり僕は思わず、

「そうは見えないけど？」

と懐疑的な意見を告げてしまった。

「……やっぱり長瀬さん、ゲイじゃないですね」

と、橘は何を思ったのか、酷く安堵した顔になるとそう言い、店員があっという間に持ってきた生ビールのグラスに口をつけた。

「どういうこと？」

「だってゲイはゲイに対して敏感だっていうじゃないですか」

ジョッキの半分ほどを飲みほし、橘が答える。

「大河内課長……ねえ」

家族構成など聞いたこともなかったが、てっきり既婚者で子供もいるのかと思っていた。ハンサムで、しかもちょっとくせ者という、いかにも女性にモテそうな彼がゲイとはとても信じられない。

だが橘がそこまで言うのならゲイなのだろうか。そもそもゲイだと思った根拠は、と問お

うとした僕の心を読んだのか、橘がその答えを教えてくれた。

「大河内さん、独身なんです。とはいえあの年で独身だからゲイ、という短絡的な噂じゃないですが」

「……そうなんだ」

奥歯に物が挟まった言いようだが、結局はその『短絡的な噂』が真相なんじゃないか。僕にはそう思えるけれど、と内心首を傾げていた僕は、橘に問いかけられ、はっと我に返った。

「長瀬さん、恋人いるんですか」

「うん」

頷いてから僕は、橘がそんな質問をしてきたことに驚き、思わずまじまじと彼の顔を見返した。

「あ、すみません」

橘自身、自分の発言に驚いているようだ。どこか呆然《ぼうぜん》とした様子の彼は一気にビールを飲み干すと、大きな声で店員を呼び、生ビールのおかわりを頼んだ。

僕は日本酒にいくことにし、

「飲む?」

と橘に尋ねる。

「あ、はい。それじゃあ」

橘が頷いたのでグラスを二つもらい、早々に冷酒に入った。

僕に恋人がいるかどうか。その話題は注文しているうちになんとなく流れた——ものだと思っていたのに、生ビールのあと日本酒に移った橘が、思い出したようにその話題を振ってきた。

「さっき、恋人いるって言ってましたよね。どんな人なんです？」

「どんなって……素敵な人だよ」

どう素敵か、その答えを用意しながら答えた僕を、橘が少し酔った目でまじまじと見つめてきた。

「なに？」

「いや、いいですね。なんだか。自分の恋人を『素敵』って素直に賞賛するのが」

「橘君は恋人いるの？」

なんとなく揶揄《やゆ》されているような気がし、それなら、と問いかける。と、橘は、はあ、と溜め息をつき、

「いません」

と大きく首を横に振った。

「そうなんだ」

コミュニケーションの取り方には少々問題はあるかもしれないが、これだけの長身、それ

にこれだけの整った顔立ちをしているのだ。モテそうなものだけどな、と首を傾げる。

それこそ母性本能をくすぐられるタイプなんじゃないか？　と言おうとした僕の前で、橘はどこかやさぐれた顔になり、ぼそ、とこう呟いた。

「僕に近づいてくるのは父目当ての女ばかりでしたから」

「お父さん目当て？」

問い返した僕を見て、橘がむっとした顔になる。

「知ってるんでしょう？　僕の父が橘修平《しゅうへい》ってこと」

「あ、ああ」

知ってる、と頷いたと同時に、そういうことか、と今更気づく。

「……そうかな……」

確かに橘の父親は有名な弁護士だ。だが、それだからといって『近づいてくるのは父目当て』というのも極端すぎないだろうか。首を傾げた気配が伝わったのか、橘はますますむっとした顔になった。

「橘修平って誰だかわかってます？　悪徳弁護士ですよ。マスコミでも有名です。金目当て、訴訟目当て……近づきたい理由はどちらかに決まってます」

「とはいえ、全員っていうのはどうなんだろう。橘君、君自身に惹《ひ》かれていた人もいたと思うけど」

「いませんよ」

即答してきた橘の口調は、まるで吐き捨てるようだった。

「いるよ」

思い込みはよくない。それで言い返したのだが、橘はさも馬鹿にしたように鼻を鳴らした。

「なんで長瀬さんにわかるんです？」

「わかるというか、最初から決めつけなくていいと言いたかったんだけど」

確かに僕は、今までの橘に言い寄ってきたという女性を一人も知らない。だが決めつける必要はないのではと言おうとした僕の言葉に被《かぶ》せ、橘がまた吐き捨てる。

「さっきも言いましたが親父は有名な悪徳弁護士ですよ。利用したいって以外、ないじゃないですか」

「悪徳って、弁護士としての職務に忠実なんじゃないのかな」

弁護士の職務は、依頼人の有利になるよう働くことだ。正義の心以上にそれが優先されるため、正義と反することもやり得るのかもしれないが、弁護士にとっての『正義』は依頼人なのだ。

確かに真実をねじ曲げてまで依頼人を守るのが正しいことかは正直僕にはわからない。だがそれを『悪』と言い切ることはできないとも思うのだ。それを伝えたくて僕は言葉を続けた。

「世間が何を言おうと、お父さんが依頼人のために働いているのならそんな、必要以上に気にすることはないんじゃないかと……」

「あんたに何がわかるっ」

いきなりの怒声に、僕は息を呑《の》んだ。

「……すみません……」

僕が何を言うより前に、橘が謝罪してくる。

「いや……」

頭を下げる彼に僕もまた頭を下げた。

「こっちこそ、立ち入ったことを、ごめん」

やはり踏み込みすぎだったのだろう。謝ると橘は「いえ」と言ったまま黙り込んでしまった。

「飲もうか」

空になっていた彼のグラスに、冷酒を注ぐ。

「……弁護士の……職務、か」

橘はぽつり、と呟いたが、それ以上に何か語ることはなかった。

それから僕たちは、食事をしながらどうということのない会話を続けていった。橘は思いの外饒舌《ほかじょうぜつ》で、内部監査部員のことや、大河内課長のゲイ疑惑について、あれこれエピソードを教えてくれたが、僕には確定要素とは思えないものばかりだった。

そうして僕らは店の閉店時間まで飲み続けてしまったあと、二人していい気分になりながら、ホテルに戻った。

「先、風呂いいですよ」

相当酔っ払っているのか、橘はそう言うと、どさっと入り口に近いほうのベッドに倒れ込んでしまった。

すぐに寝息が聞こえてくる。

「…………」

眼鏡をかけたままだ、と思わず笑ってしまってから、そっと近づき眼鏡をとってやる。

「あれ？」

ベッド脇の台に置いてやろうとして、なんだか違和感を覚え思わずレンズを透かしてみた。

「度、入ってるか？」

入っているにしてもごくごく弱いものだと思う。もしかしたら伊達《だて》眼鏡かも、と首を傾げつつも眼鏡を置き、僕はシャワーを浴びにいった。

浴室で自身の身体を見下ろし、確かにキスマークだらけだ、と赤面する。桐生の残した吸い痕が未だに薄く残っていたのだ。

橘の眼鏡が伊達だったら、これをはっきり見られていたわけか。ゲイだと疑った上で、自分に気があると引かれていたのもわかるよな、と溜め息を漏らす僕の頭にふと、彼が漏らした言葉が蘇《よみがえ》った。

『だってゲイはゲイに対して敏感だって言うじゃないですか』

『大河内課長とか』

大河内課長がゲイだという確証を、橘ははっきりと説明しなかったが、もしや彼もまた『ゲイ』であり、それで気づいた――とか？

「……ないか、それは……」

呟いたものの、彼がゲイかどうかは、僕にはさっぱりわからなかった。

これは彼が『ゲイではない』からか、それとも僕が『ゲイではない』ために同類を見抜けないのか。

どっちだろう、と、首を傾げたあとに、自分がいかにもどうでもいいことに囚《とら》われていると気づき苦笑する。

橘がゲイであろうがなかろうが、それこそ個人の指向で僕には関係ないことだ。それより明日の監査業務を今日以上にスムーズに行うには、少しでも早く寝たほうがいい。そう思いながらシャワーを浴びていた僕はそのとき、その『監査業務』で将来とんでもない状況に巻き込まれることになろうとは、まるで予測していなかった。

7

翌朝、

「おはようございます」

と挨拶をしてきた橘は、少し照れているように感じられた。

「おはよう」

「飲み過ぎました」

頭をかく彼に、僕も、と頷いたものの、続く橘の言葉を聞き、さすがにそこまでじゃない、と思わず噴き出してしまった。

「後半、あまり覚えてないんですが、何か変なこと言ってませんでしたか」

「覚えてないの？　凄《すご》くしっかりしてたけど」

呂律《ろれつ》が回ってないなんてこともなかったし、会話が噛《か》み合ってないということもなかった。なのに覚えていないほど酔っていたとは、と驚きつつも笑ってしまった僕の前で橘は少しむっとした顔になると、

「シャワー浴びてきます」

また昨日までの余所余所《よそよそ》しい彼に逆戻りしてしまったらどうしようと案じたが、

と言い、浴室に向かっていった。

笑っちゃ可哀想だったかな、と反省し、また昨日までの余所余所《よそよそ》しい彼に逆戻りしてしまったらどうしようと案じたが、

「お先に失礼しました」

とシャワーから上がってきたあと、彼の頬《ほお》には笑みがあった。

ほとんど食欲はなかったので、ラウンジでコーヒーを飲んでから僕らは二人して内部監査に入っているT社に出社した。

一応加藤部長に挨拶をしよう、と誘うと橘は、

「いらないでしょう」

と嫌な顔をしたが、僕が「行くよ」と言うと渋々あとをついてきた。

「今日もよろしくお願いします」

「こちらこそ、よろしく」

お世話かけます、と加藤部長が丁寧に頭を下げる。

「ご協力よろしくお願いいたします」

僕も更に深く頭を下げ、橘を見ると、橘は不本意そうにしつつもぺこりと頭を下げて、内心僕をほっとさせた。

「気を遣うべきなんですかね」

鍵を開け、昨日の会議室で二人きりになると、橘がぼそりとそう尋ねてきた。

「気を遣うって？　ああ、加藤部長に？」

「ええ」

頷き、じっと僕を見つめる。

「『べき』かはわからないけれど、今回窓口になってくれているんだし、挨拶くらいしてもいいんじゃないかな」

「『してもいい』と『べき』は違うと思いますが」

そう言い、首を傾げる橘は、本当に理解できないと、戸惑っているように見えた。

「あ、ごめん。内部監査での常識はわからない。一般的に考えて、挨拶はしたほうがいいんじゃないかと思っただけなんだ」

そうも戸惑われると、内部監査には内部監査の常識があるのかと不安になり、逆に僕は橘に、

「挨拶は普段しないものなの？」

と問いかけたのだが、彼の答えは、

「わかりません」

の一言で、思わずずっこけそうになった。

「……一般的というのがよくわからないんですよね」

ずっこける気配を察したのか、橘が少しむっとした顔になり、ふいと目を逸らせる。

彼の頬が赤いことから、別にむっとしたわけではなく、羞恥《しゅうち》を覚えているのかと、僕は今回気づくことができた。

父親が有名人であることに対し、コンプレックス——というのも少し違うかもしれないが——を抱いている橘は、入社してからも他人との接触を避けてきたのではないかと思う。

僕も何が『一般的』かと問われると、一〇〇パーセント正解を答える自信はなかったが、それでも僕自身が社会常識と認識していることは教えられるか、と思い口を開いた。

「社内外を問わず、挨拶は基本だと思う。あと、年功序列を声高に言うつもりはないけど、年長者に対しては礼を尽くしたほうがいいと思う。媚《こ》びを売るというのではなく、礼儀として、だけど」

「………なるほど。わかりました」

僕のアドバイスに橘は納得したように頷いてくれた。

「今後気をつけます」

「………」

なんか素直すぎて気持ちが悪いくらいだ。そう思ったのが顔に出たのか、橘が口を尖《とが》らせる。

「何か可笑《おか》しいですか」

「いや、全然可笑しくない。ちょっと感動してるくらいで」

「感動ってなんですか」

橘の頬がまた赤くなる。

今まで態度が悪いと思ったこともあったが、実はこんなに素直な性格だったとは。可愛いな、とまた笑いそうになり、ここで笑えばむっとされるとわかっていたので、ぐっと堪えた。

「さあ、始めましょう。今日は営業部です。長瀬さんは接待関係、お願いします」

「わかった」

少し照れている様子の橘に頷き、席につく。

接待費関係はもっともミスの多い可能性が高い部分だ。見逃すまいと思いながら僕はファイルを開き、一件一件チェックをはじめたのだった。


スピードアップを、と言われていたので、昼食の時間まで僕は物凄《ものすご》い集中力でチェックを続けた。

「昼、行きましょう」

橘に声をかけられるまで、昼休みになっていたことに僕は気づいていなかった。

「うん、行こう」

頷き、立ち上がったとき、携帯が着信に震えた。

誰からだ、とディスプレイを見やり、そこに桐生の名を見出《みいだ》して、どうしよう、と迷った結果、僕は応対に出るのをやめた。

「………」

今出られないというアナウンスが流れるボタンを押した僕に、橘が、

「いいんですか?」

と問いかけてくる。

探りを入れられている——という感じはなかったものの、昨夜彼に対し、自分がゲイではないと主張していただけに、桐生との会話を聞かれるのを僕は躊躇《ためら》ってしまったのだった。

「うん、弟だから」

「弟、いるんですか」

へえ、というように橘が目を見開いた。

「うん」

「いくつ違いです?」

「六歳下」

「大学生ですか?」

「うん。医学部で、医者になる予定だよ」

「医者！　兄弟、まるで違う道を行くんですね」

またも、へえ、と橘が感心してみせる。

「橘君は兄弟は？」

「いません。一人っ子です」

「へえ」

わかるようなわからないような。一人っ子だから年長者に対する礼儀が培われていないのか、とも思ったし、なんとなく妹か弟がいるような雰囲気もある。

「ああ、そういえば前に電話、来てましたね」

と、ここで橘は脅威の記憶力を見せ、僕を唖然とさせた。

「仲、いいいんですね」

「そうかな」

普通だよ、と笑い返したものの、これで昼休み前に桐生に電話をする機会を逸したな、と僕は、嘘をついてしまったことを少し後悔した。

会社の近くのビルの地下にあるラーメン屋に入ると橘は、

「どうです？　調子は」

と彼のほうから話題を振ってきた。

「とにかく件数が多くて。このご時世に羨《うらや》ましいというか」

具体的な社名やそれに『接待費』などの単語を避け答えると、橘は、それでいい、というように頷き、問いを重ねてきた。

「今日中に終わりそうですか?」

「いや……ちょっと無理かも」

残っている件数を思うと、午後の五時間で終わるとはとても思えなかった。

「悪い」

「謝ることはありません。確かに件数、多かったし」

頭を下げた僕だったが、返ってきた橘の言葉には驚いたあまり、思わず顔を上げ小さく声を上げてしまった。

「え?」

「驚かないでください」

橘が照れたように目を伏せる。

「いや、なんていうか……」

昨日までの厳しい――というより、『感じの悪い』といってもいいような対応をしていた彼が、と言いかけ、さすがに可哀想かと口を閉ざす。

「……昨日までの態度はなんだと言いたいんですか」

橘はそう言うと拗《す》ねた様子で俯いた。

やはりちょっと可愛いかもしれない。僕には橘が昨日からやけに可愛く感じられるようになっていた。

『可愛い』なんて言おうものならきっと、むっとされるだろうから口にはできないが、昨日までとのギャップがありすぎるからだろうか、そうした表情豊かな顔も仕草も、実に可愛く見える。

何より、と僕はその気持ちを伝えようと口を開いた。

「親しくなれて嬉しいよ。これからもよろしく」

「……親しい……でしょうか、これ」

俯いたまま橘がそう言い、ちら、と上目遣いに僕を見る。

やっぱり可愛いな、こいつ。噴き出しそうになるのを堪え、

「僕はそう思っているよ」

と言うと、クサいかなと思いつつ右手を差し出した。

「…………」

橘はじっと僕の手を見つめているだけで、手を伸ばしてこようとしない。仕方がない、引っ込めるかと手を引きかけると初めて橘は気づいたというように、

「握手か！」

と声を上げ、僕の手を握ってくれた。

「握手なんて普通します？　欧米人でもあるまいし」

「『よろしく』なら握手だろ？」

うるさいな、と僕も橘の手を握り返す。

本当に、こんな軽口を叩き合えるようになるとは思わなかった。多分これは出張で共に過ごす時間が一日の大半となったからだろう。

もしかしたら大河内課長はそれを狙って、二人が初めて組む監査を東京以外にしたのかもしれないなと今更のことに僕は気づいた。

ラーメンを食べたあと、まだ昼休みは三十分ほど残っていたがそのまま会議室に詰め、僕たちはまた書類のチェックに入った。

橘が手伝ってくれたおかげでなんとか今日中に接待費のチェックは終わり、明日は営業活動のチェックとなった。

「経理が時折サンプルチェックをやってますし、J－SOX絡みのチェックもある。それほど大変じゃないと思います」

橘はそんな優しい言葉をかけてくれたあと、

「で、今日、夕食どうします？」

と少し照れたような顔で問いかけてきた。

「どうしよう。折角だから大阪名物とか……かな？」

何があるのかわからないけれどと思いつつ答えると、

「やっぱり串揚げかなと思うんです」

橘はどうやら行きたい店があるらしく、身を乗り出しそう主張してきた。

「ああ、二度浸けはしちゃいけないっていう、あれ？　いいね。行こう。どこか店、知ってる？」

きっと用意してるだろうなと思いながら問いかけると、

「ネットで見たんですが」

と店名を告げる。

わざわざネットで調べてくれたというわけだ。やはり可愛いじゃないかと僕はまた笑ってしまいそうになりながらも、

「いいね、行こう」

と彼の選択に同意し、僕らは会議室を出たのだった。


串揚げ屋では次々出される串揚げを食べるのに夢中で、話らしい話はできなかった。そのあと、部屋で少し飲もうとコンビニでビールを買い込み、応接セットで向かい合うと、橘は

いきなり、

「長瀬さんの恋人の話、しませんか」

と思いもかけないことを言ってきて、僕を戸惑わせた。

「別に……いいよ、それは」

「話したくない？」

橘は酔っているのか、ちょいちょいタメ語になっていた。それだけ親しみを持ってくれているということだろうと、少し嬉しく思いながらも、この話題はパスだ、と首を横に振った。

「うん。話したくないな」

「素敵な人なのに？」

橘が残念そうな顔になる。

「恥ずかしい……というか」

これは嘘ではなかった。自分の恋人を誰彼かまわず自慢したい人間もいるにはいるだろう。が、僕はもともとそのタイプじゃないし、できることなら社内の人間には桐生のことを気づかれたくなかった。

「恋人か」

ごくり、とビールを飲みながら、橘がぽつりと呟く。

「好きで好きでたまらない。そんな感じなんですか？」

話したくないという自己主張をしたつもりだったが、伝わったのか伝わってないのか、橘が問いを重ねてくる。

「……まあ、そうかな」

こういった話題ならまあ、いいだろう。頷くと橘もなるほど、と頷いた。

「常に会いたい？」

「……まあ」

「傍《そば》にいたい？」

「……でもお互い仕事もあるし」

「ああ、そうか。そうですよね」

なるほど、とまたも橘が納得したように頷く。

「同じ職場にいれば、いつも一緒にいられるのに……そういうことですね」

「まあ、そうだけど、社内恋愛は社内恋愛で面倒だと思うよ」

「面倒？　たとえば？」

橘が不思議そうに問いかけてくる。

「結婚すればいいんだろうけど、する前に破局すればまた面倒なことになる……とか」

そういう前例をいくつも見てきた、と教えると、

「……へえ……」

そういうことか、と納得してみせたあと、橘は、うーん、と難しい顔で唸《うな》った。

「恋愛はやっぱり、難しいな」

「難しくはないよ。好きになったらもう、あれこれ考えられなくなるし」

とはいえ、僕もそう恋愛経験があるわけではない。偉そうなことは言えないけれど、と頭をかいた僕に、

「さすがですね」

と橘がよくわからない相槌《あいづち》を打つ。

「何が?」

やはり経験豊富とでも思われたのだろうか。誤解だよと笑おうとした僕は、続く橘の言葉に思わず赤面してしまった。

「なんていうんでしたっけ……ああ、リア充だ。リアルの生活が充実していてこその言葉ですよね」

「……そういうわけでもないよ」

まさか橘の口から『リア充』などという言葉を聞くことになろうとは。からかうより前に、恋愛関係にはまるでうとそうな彼にまでそう見られているのかと、そのことに僕は赤面してしまったのだった。

そんなにも僕は『わかりやすい』のだろうか。それはそれで恥ずかしいのだけれど、と俯

いた僕だったが、

「好きな相手に好かれるとか、僕には無理な気がするな」

ぼそり、と橘の呟く声に、はっと我に返った。

「そんなことないよ」

「なんの根拠があるんです？」

別に慰めようとしたわけではなく、本心から言っているというのに、そうはとってもらえなかったようで橘がむっとしたように僕を睨んだ。

「だって普通にかっこいいし、背、高いし、それに頭もいいし」

「……そうでしょうか」

いや、そこは『そんなことはない』という謙遜《けんそん》がきそうなものだが。つい笑いそうになった僕を、また橘が睨んだ。

「やっぱりからかったんですね」

「からかってないよ。普通は謙遜するかなと思っただけで」

「謙遜。なぜ？」

橘は素でわからないようで、そう問いかけてくる。

よく言えば素直でスレてない。悪く言えば一般的に『常識』といわれるものが通じないタイプということか。

だが悪い奴じゃない、と僕は、

「別に謙遜する必要はないんだけど、世間的には謙遜する人が多いってだけだよ」

と、話題を切り上げようとした。

「謙遜っていうことは、長瀬さんがさっき言ってくれた『普通にかっこいいし、背、高いし、それに頭もいいし』というのはお世辞だったんですか？」

だが橘は終わらせてはくれず、尚も突っ込んだ問いをしてくる。

正確に自分の発言を繰り返されたことにも驚いたが、世辞かどうかを聞かれたことにも驚いた。

世辞といったら許さないといわんばかりの目をしていたから——というわけではなく、心底そう感じたことは嘘じゃない、と僕は首を横に振った。

「お世辞じゃないよ。だいたい後輩にお世辞を使っていいことなんて一つもないだろ？」

「……それはそうですね」

うん、と橘が頷く。やれやれ、納得してくれたか、と安堵した僕だったが、安堵するには早いということを次の瞬間知らされた。

「それではそれ以外に、長瀬さんが、僕を『モテる』と言った根拠を教えてもらえますか？」

身を乗り出し問いかけてきた橘の顔は真剣だった。

「要は君の魅力を言えばいいってこと？」

まさかこんな展開になろうとは。予想外すぎるよ、と思いながらも僕は、もしかしたらこれは橘に『一般常識』を教えるいい機会かもと思いつき、口を開いた。

「顔はいい。背も高い。司法予備試験に合格するほど能力も高い……でもそれだけで『モテる』と言ったわけじゃないよ。そんな理由で『モテ』ても君も嬉しくないだろ？」

「どうでしょうね。モテたことがないのでわからないですが」

橘は首を傾げ、ああ、と何か思いついた声を出した。

「それらは僕の外見とかプロフィールにすぎないから？」

「そうだね。できれば中身を見てもらいたくない？」

「中身……は難しいでしょうね」

途端にトーンダウンした橘に驚き、僕は思わず、

「なんで？」

と問いかけていた。

「よく人をむかつかせるから」

「自覚なくやってるの？」

やっぱりそうなのか、と問いかけると、果たして橘は、はい、と大きく頷いた。

「相手が怒っているのを見て初めて、ヤバいことを言ったんだと気づくんです。でも何がヤバいのかはわからない」

「……まあ、そういうのは経験だと思うな」

うん、と頷いた僕に、

「経験？」

橘が問い返してくる。

「橘君ってあまり、人とかかわらないようにしてただろ？　これから積極的にかかわるようになると、人にとってどんな言葉が不快感を与えるか、わかってくると思うんだよね」

「それをわかって、いいことありますかね」

不満げな口調で橘が問いかけてくる。

「商社マンは交渉力がナンボ、という場面も多いだろうから。意味がないことはないと思うよ」

僕の言葉に橘はまた、

「なるほど」

と目を輝かせ、大きく頷いてみせた。

やっぱり可愛いな。そう思ったこともあり、僕はもう一つ、彼の『モテる部分』を教えてやることにした。

「橘君の指、綺麗《きれい》だよね」

「え？」

唐突な僕の発言に、橘が戸惑った声を上げ、自身の指を見やる。

「第一印象がまずそれだった。ピアノとか弾くの？」

「……少しは」

答えた橘の顔は、照れているのか真っ赤になっていた。

「聴いてみたいな。君のピアノ」

「高校までしかやっていないから、たいして上手《うま》くはないですよ」

「やってたんだ！　聴かせてよ」

「ピアノ、ここにないじゃないですか」

からかう意図はなかったが、照れる彼を前にし、なんだか会話が楽しくなってきてしまった。

「どんな曲弾くの？」

「ショパンかリストですね」

「クラシックか。すごいね」

「逆にクラシック以外、何をピアノで弾くんですか」

会話は噛み合っているようで噛み合っていなかったが、それでも二人で飲むのは楽しかった。

「そうか。僕は指が綺麗なんですね」

そう言い自分の指を眺める橘は少し嬉しそうだった。

「そういう、他の人が見逃しそうなところを見つけてもらえるっていうのも、中身と同じくらい嬉しいものですね」

「ああ、それ、ある」

「長瀬さんは何を言われたら嬉しいですか？」

「僕は……そうだな」

あまり思いつかない。首を傾げた僕に、橘が問いを重ねる。

「綺麗ですね、は？」

「綺麗じゃないから」

「優しそう」

「それは少し嬉しい」

「面倒見がいい」

「それも嬉しいな」

「綺麗」

「だから綺麗じゃないよ」

「綺麗ですよ」

橘がそう言い、じっと僕を見つめる。

「……『綺麗』って、女性に対する褒め言葉だよ？」

わかってないんだろうな、と指摘すると、果たして橘は、

「そうなんですか？」

と驚いてみせた。

「うん」

「男に使っちゃいけないんですか？」

改めて問われ、どうだろう、とわからなくなる。

「いけないってことはないだろうけど」

「少なくとも長瀬さんは嬉しくないみたいですね」

「綺麗じゃないからね」

時々桐生に『綺麗』と言われることもあるが、違和感しか覚えない。だいたい僕は『綺麗』といわれるような容姿はしていないと思う。

それでそう答えたというのに、橘は、

「本気ですか？」

と驚いてみせた。

「僕が今まで会った中で、一番か二番目に綺麗ですよ、長瀬さん」

因《ちな》みにもう一人は、と橘が告げた名は、人間国宝の有名な歌舞伎役者のものだった。

「……それは……さすがにお世辞だよな？」

この短期間で『世辞』までマスターしたことは賞賛に値する。が、さすがに誉《ほ》めすぎだと苦笑した僕の前で、橘が大真面目《おおまじめ》な顔で問いかけてくる。

「それより、僕の指、本当に綺麗でしょうか」

「うん。綺麗だ。時々見惚《みと》れる」

よくわからない確認だったものの、正直に頷くと橘は、

「そうですか」

と嬉しそうに自分の指を広げて見やった。

「今度、長瀬さんに聴かせます。一番得意なのは『ラ・カンパネラ』と『幻想即興曲』です。指を速く動かすのが得意なんです。きっと長瀬さんにも楽しんでもらえると思います」

「あ、うん。楽しみにしている」

ショパンの幻想即興曲も、リストのラ・カンパネラも、有名な曲だから僕も知っていた。確かに複雑な曲だよな、と思いながら頷くと、

「本当ですかっ」

と橘は酷く嬉しそうな顔になった。

「うん、楽しみだよ」

実はそれまで僕は、実現しないいんじゃないかと思ってたし、『楽しみ』は社交辞令でしかなかったのだが、橘の嬉しそうな顔を見た瞬間、本当に楽しみになってきた。

それで大きく頷いたのだが、僕のその言葉を聞き、橘がますます嬉しそうに笑った顔を見

て、やはり彼は素直ないい子なんだな、と改めて実感した。

内部監査の経験は僕よりよほど豊富だけれど、世間との関わり方なら、僕にも教えてあげられるかもしれない。

バックグラウンドや能力の高さから誤解されることが多い彼だが、同期の友人を作ったり、恋人と共に過ごしたりする、そんな時間を作れる手助けをしてあげられるといい。そんなことを思いながら僕は、

「他に長瀬さんの好きな曲ってないですか?」

と目を輝かせ問いかけてくる彼の問いに対し、自分が本当に『聴きたい』と思う曲を彼に伝えねばと考え、必死で頭を働かせたのだった。

8

翌日、ちょっとしたアクシデントがあった。橘が発熱したのである。

「大丈夫か？」

熱は三十九度八分もあり、救急車を呼ぼうかと思ったが、橘は解熱剤を飲むから大丈夫、と僕の動きを封じた。

朝一番で大阪支社の診療所の診察を受けた結果、インフルエンザではないし、風邪の症状もないことから、知恵熱か何かじゃないかということで話は落ち着いた。

知恵熱という診断には疑問もあったが、要は身体を休めろということだと察し、今日の監査は僕一人で臨むことになった。

「すみません、体調を崩すなんてこと、今までなかったんですが」

橘は本当に申し訳なさそうにしていた。

「気にしなくていいよ」

知恵熱と聞き、子供か、と笑いそうになったが、それも気の毒かと僕は笑いを堪え、橘に、今日は任せてくれ、と頷いてみせた。

実際、一人では不安ではあったが、そうもいっていられない。一応大河内課長には橘が倒れた旨をメールで伝えたが、すぐに返ってきたメールは、監査期間が長くなるならそれでかまわない、というものだった。

自分のノルマも達成するのが難しいのに、二人分請け負うのはさすがに我ながら無理っぽいと思わないでもなかったが、課長の言葉に『それなら』と甘えるのも恥ずかしい気がして、できるかぎりの仕事をしようと心を決め、業務に当たることになった。

橘をタクシーに乗せてホテルに帰した僕には、実はもう一つ気がかりがあった。

昨日の昼、桐生から電話がかかってきたとき、橘の目を気にして出なかったのだが、その後、午後は仕事に没頭し、夜は遅くまで橘と一緒だったので、メールも電話もできていなかったのだ。

橘との距離を縮めるには勤務時間もホテルも一緒、しかもホテルは同室、という、朝から晩まで一緒にいるシチュエーションは有効に働いたが、一人の時間がほとんどないという悪い面もあった。

今日は一人だからメールくらい、と思いはしたのだが、ただでさえやることが多いのに、私用のメールを打つのは憚《はばか》られ、せめて昼休みにしようと心を込めて仕事にかかった。

今日、僕が見ているのは営業部門の売買についてだった。昨日橘から、J-SOXのチェックもあるし、それほど注力しないでもいいといわれた部分だ。

確かに、きっちり管理はされている。が、午後三時過ぎに目にしたある取引が気になり、僕は業務部の加藤部長経由で営業の責任者を呼んでもらうことにした。

というのも、実は僕が新入社員の頃、隣の部の部長付が事業投資会社で計上した利益を懐に入れ、逮捕されたという事件があったためだった。

そのときも書類は完璧だった。が、架空取引だったことがすぐにわかり、部長付は解雇された。

部長付が手にした金額は数千万もあった。本社の経理は誤魔化《ごまか》せなくても事業投資会社は誤魔化しがきくという事例を目の当《ま》たりにし、すごいな、と感心した記憶が、今回の監査で呼び起こされていた。

一見、不自然なところはまるでない。が、在庫管理に不手際が目立つその取引を見たときに、僕は真っ先に新人時代に遭遇したその事例を思い出した。

「あの、お呼びだそうで」

三十分ほどして会議室に現れたのは、営業部の次長だった。年齢は四十半ばか。なんだか既視感があるな、と顔を見ていると、岸本《きしもと》と名乗ったその男もまた、

「あれ？　君……」

と僕の顔をまじまじと見つめてきた。

「あの？」

「君、前に自動車にいた？」

「あ、はい」

頷くと岸本は「やっぱりそうか」と僕に笑いかけてきた。

「当時私は人事部にいたんだよ。覚えてないかな？　ほら、例の大問題となった……まあ、昔の話ではあるけどどね」

はっきり『これ』とは言わなかったものの、僕は『大問題になった』という言葉を聞いた瞬間、もしや、と身構えてしまった。

人事絡みで大問題となった事例といえば、心当たりは二つある。

一つは親友の田中が駐在前に社外の人間相手に大立ち回りを演じたこと。そしてもう一つは、僕が桐生に抱かれているところを警備員に踏み込まれた出来事、その二つだ。

どちらにせよ、知られて嬉しいことはない。が、今はそんな個人的感情に左右されているときではないかと思い直し、僕は咳払いをすると岸本に問いを発した。

「すみません、このK社とのルートの取引ですが、注文書等の契約書類は完璧ですが、在庫管理に穴がありますね。これはどういうことなのでしょう」

今不在の橘の口調を真似し、岸本に問いかける。

「在庫管理をしているのが新人でね。単なるケアレスミスだろ？」

岸本は答えはしたが、口調はいかにも面倒くさげだった。

「ケアレスミスにしては件数が多いように思えるのですが」

「件数、多いかな？　普通なんじゃない？」

またも岸本は面倒くさそうに答えたが、僕が提出書類の追加を求めると、

「わかったよ」

と頷き立ち上がった。

「明日にも届けさせる。明日でいいだろう？」

「……できれば今日中がよかったんですが」

答えたものの、時計を見ると既に四時半を回っており、明日になっても仕方がないかと思い直した。

「わかりました。それでは明日の午前中にお願いします」

「助かるよ。それじゃあね」

岸本はようやく笑顔になると立ち上がったのだが、会議室を出しなに僕を振り返りこう声をかけてきた。

「なんていったっけ。君の同期の……ああ、そうだ、桐生君だ。彼は今頃何をしているのか、知っているかい？」

「……っ」

不意に桐生の名を出され、僕はその場で固まってしまった。

「それじゃあ、また」

岸本はにやりと笑うと会釈をし、部屋を出ていった。

桐生の名を出したということは、彼が最初に言った『衝撃的な出来事』はおそらく、桐生がらみだ。

当時のことはあまり覚えてはいない。が、桐生が僕を緊縛し犯していたところを警備員に踏み込まれ、大問題になったあの夜、僕と桐生は別々に人事部の会議室へと連れていかれたのだったが、そのとき人事のフロアにはまだ数人の社員が残っていた――ような気がした。

何せ、とんでもない場面を『見つかった』という事実に対するショックが大きすぎ、誰がフロアにいたかなどはさっぱり覚えていなかった上に、課長からは人事部より箝口令《かんこうれい》が敷かれたとも聞いていたので、噂が広まることはなかった。

なのに今更、それをこんなところで持ち出されるとは、と愕然としていた僕はすぐさま、持ち出してきた岸本の意図を察した。

口封じ――そういうことだろう。多分。

しかし僕の口を封じたところで、内部監査自体を誤魔化せるわけもないだろうし、たとえ誤魔化したとしても、本番の監査では確実に見つかるだろうから意味はないと思う。

時間稼ぎとか、そういうことだろうか。

どうしよう――まずは大河内課長に報告しようかと電話を摑んだものの、明日、書類が揃《そろ》ってからでいいかと僕は携帯を離してしまった。

『口止め』されるつもりはない。が、やはりあまり喋りたいことではない。

明日にはきっと橘も復帰するだろう。橘にも書類を見てもらい、不正がありそうだったら課長に報告する。それでいいか、と僕は結論づけると、他の取引の書類関係をチェックし始めたのだった。

六時になりそろそろホテルに戻るかと思っていたところ、橘から携帯に電話が入った。

「熱、下がった？」

昼休みにかけたときには、既に三十七度台になっていたので、このまま下がってくれているといいと思いながら尋ねると、

『もう平熱になりました』

という答えが返ってきて、僕をほっとさせた。

「食事はどうする？　何か買っていこうか？」

『いや、もう大丈夫です。ホテルの近くで何か食べませんか？』

橘の声は本当に『大丈夫』そうだった。やはり知恵熱だったんだろうか。下がってよかったなと心底安心しつつ僕は、

「わかった。それならこれからホテルに戻るよ」

と告げ、電話を切った。

と、再び電話が鳴り、誰からだと待ち受けを見た瞬間僕は、すぐさま応対に出ていた。

「桐生、ごめん！」

『別に謝ることはないだろう』

開口一番の謝罪だったからか、電話の向こうで桐生が苦笑している。

昼休みにメールをしようと思っていたのに、時間的に余裕がなかったのでコンビニでサンドイッチを買ってきてそれを五分で平らげたあとは、また仕事に戻ってしまい、メールをするのをすっかり忘れていた。

『初監査、どうだ？』

桐生の声はそう、不機嫌ではない。

「もういっぱいいっぱい。でもほんと、ごめん。昨日も電話に出られなくて」

謝ると桐生は『もういいよ』と言ってくれたが、申し訳なさが募っていた僕は、言い訳と思いつつ電話に出られなかった理由やこれまで連絡できなかった事情をくどくど話し始めていた。

「監査、二人組なんだけど、その人とほぼ一日中一緒にいるものだから、電話にも出づらくて。手違いでホテルの部屋まで同じになったので、ホテルでかけることもできなかった。ほんと、ごめん！」

『ホテルの部屋が一緒って？　どういうことだ？』

と、ここで桐生の声が少し不快そうになった。

「ツインしかあいてなかったんだ。それで仕方なく」

『……二人組の監査の、その二人目はどんな奴なんだ？』

やはり桐生の機嫌はそうよくない。こういうときには嘘をつくと更に機嫌が悪くなるため、何も疚《やま》しいことはないのだし、と僕は真実を伝えることにした。

「二年目の総合職。前に話したっけ？　最初印象悪かったんだけど、単に他人《ひと》との付き合い方がわかってなかっただけみたいで、今は結構仲良くやれてるよ」

『前にちょっと聞いたな。橘修平の息子だったか』

「そうそう。有名人の息子だから嫌な思いをしたことが結構あって、そのせいで他人との接触を避けてきたみたいだ。根は良い子だと思う」

『「子」って二歳しか違わないだろ』

「まあそうなんだけど、なんか可愛いんだよ」

打ち解けてからの橘の行動はいちいちが可愛い。それを思い出し、噴き出しそうになった僕だが、耳に響いてきた桐生の皮肉めいた物言いに、はっと我に返った。

『随分、気に入っているじゃないか』

「気に入ってはいないよ。ただ、出張に来る前は彼のこと、態度悪いなとしか思えなかったんだけど、実際一緒に仕事してみて、少しわかり合えたというか、そこがちょっと嬉しかっ

たってだけで」

あくまでも同僚として『親しく』なれたことが嬉しいと強調したが、桐生にはどうやら逆効果のようだった。

『……いつまで大阪だ？』

あまり機嫌のよくなさそうな声音で尋ねてきた彼に、もしや、と期待感を抱きつつ答える。

「今週一杯だよ」

『明日の夜、行く。抜けられるか？　なんならその「橘君」を連れてきてもいいぞ』

「桐生に会えるのは嬉しいけど、でも……」

大阪になんて来ていいのか、と止めようとしながらも僕は、自然と顔が笑ってしまうのを堪えることができなかった。

桐生が妬《や》いている。嫉妬する必要なんて何一つないというのに、そして多分、それを桐生自身わかっているだろうに、それでも来てくれると言う。

『ホテルが決まったら連絡する』

それじゃな、と、不機嫌なまま桐生は電話を切ってしまった。

「…………」

まさかの展開に僕は少しの間呆然としていたが、すぐ我に返ると、机の上を片付け会議室に施錠してからフロアをあとにしたのだった。

桐生に会えると思うと気持ちは弾んだ。が、橘に桐生を紹介することは、できれば避けたかった。

普通に『もと同僚』とか『友人』と紹介すればいいのだろうが、さっきの岸本のことがある。岸本に桐生と僕との関係が知られたら、彼はそれをネタに更に僕を脅してくるかもしれない。脅すのが僕なら別にいいが——いや、よくはないが——桐生まで脅されることになったら大変だ。

やはりすぐにも大河内課長に連絡を取り、事情を説明しよう。その前にホテルに戻ったら橘に相談するか。

そんなことを考えながらエレベーターを降り、エントランスから路上に出た僕は、いきなりそこで声をかけられ驚いて足を止めた。

「長瀬君、ちょっといいかな?」

「はい?」

僕の腕を摑んできたのはなんと、今の今まで頭の中にいたもと人事部の岸本、その人だった。

「なんでしょう」

強引に腕を引かれ、なんだかとてつもなく嫌な予感がした僕はその場で足を止めようとした。

「いや、実は君に告白したいことがあるんだ」

岸本が振り返り、僕に頭を下げる。

「……告白……」

「話を聞いてもらえないだろうか」

反省しているジェスチャーなのか、彼はしょぼんと肩を落としていた。

なんだか怪しい――頭の中で危機を伝えるセンサーがこれでもかというほど鳴り響く。

「あの、すみません。そういうことでしたら明日、会社で伺います」

ヤバいぞ。己の判断に従い、僕は頭を下げると岸本の手を振り払い、その場を駆け出そうとした。

「今、聞いてほしいんだよ」

だが岸本の腕は緩まず、尚も引き寄せようとする。

「離してくださ……っ」

振り返り、声を上げようとした瞬間、口元を白い布で覆われた。

「……っ」

甘い匂いを一気に吸い込むことになり、意識が遠のいていく。

「面倒かけさせやがるぜ」

岸本がぶつくさ言いながら、そのまま崩れ落ちそうになっていた僕の身体を支え、路肩に止めた車の後部シートのドアを開いたのが、記憶に残っている最後の光景だった。

すぐに僕の意識は混沌《こんとん》たる闇の世界に落ちていき、どうやら僕はそのまま気を失ってしま

ったようだった。

「う……」

頭が割れるように痛い。胃のむかつきもすごく、今にも吐きそうだ。

だいたいこの、変な匂いはなんなのだと僕は薄く目を開き――。

「……え？」

自分が見覚えのない室内の床に転がされていることに気づいて、驚きの声を上げた。手は後ろで縛られている。なんとか身体を起こそうと藻掻《もが》いていると、頭の上から聞き覚えのある声が振ってきた。

「目が覚めたか。二時間も眠り込みやがって」

「……あなた、自分が何をやっているか、わかってるんですか」

やたらと大きな声で話しかけてきたのは岸本だった。背後にいた彼を振り返りながら言い返した僕は、彼の様相が社内で見たときとまるで違うことに驚き、思わず、

「……え？」

と疑問の声を漏らしてしまった。

「なんだなんだ、真面目ちゃんだな。長瀬君は」

けたけたと高い声を上げて笑う岸本は上半身裸だった。下半身はボクサーパンツを穿《は》いていたが、前がいかにもな感じで盛り上がっており、全身が汗に塗れて光っているさまはとても、正視に耐え得るものではなかった。

気持ちが悪いというより『尋常ではない』、そのひとことに尽きた。第一、目つきがヤバい。酔っ払っているのか、それとも――と彼の背後、室内を見渡した僕は、テーブルの上、いくつもの瓶や、吸引器と思われるものが転がっていることに気づいた。

もしや――麻薬？　か、それに準じたものなのか？

映画でしか見たことはない。が、今の岸本の表情はまさに『ラリっている』としかいえないようなもので、一体何が起きているのかと僕はただただ呆然としていた。

「ああ、見つけちゃった？　あれ、金かかるんだよ。今までいくら使ったかなあ。勿論《もちろん》給料じゃ足りないからね、それで不正取引に手を出したんだ。そろそろバレるかなと思ったから、会社、フェイドアウトしようとしてたのに、なんで長瀬君、見つけちゃうかなあ」

えへへえへ、と気味悪く笑いながら岸本が僕に屈《かが》み込んでくる。

「……不正を認めるんですね？」

思わず確認を取ってしまったのは、内部監査部の部員だからこそ、ということもあっただろうが、それが岸本を激昂させる引き金になることまでは予想していなかった。

「したよ！　不正を！　じゃないと金が手に入らないからねっ」

言いながら岸本が手を伸ばし、僕のネクタイを摑む。

首を絞《し》められたら逃げようがない――もし本当に『ラリって』いるのなら、人を殺してはいけないという、当たり前の理性すら働かないのではないか。

恐怖が僕を急速に染め、いつしかがたがたと震え始めてしまっていた。

「怖いの？　怖いよね。殺されるとか思ってる？」

だが今回、怖がって見せたことがいい方向に転がった。岸本がけらけら笑いながら僕のネクタイを離したのだ。

よかった、と思ったのは一瞬で、次にはまたも恐怖と嫌悪を呼び起こす出来事が待っていた。

「君さあ、同期のなんとかいう子に、犯されたんだよねーっ」

明るくそう言ったかと思うと、何を思ったのか岸本は僕に再び手を伸ばしてきて、いきなりシャツを摑んだかと思うと強く引っ張った。

「……っ」

パチパチとボタンが飛び散り、前がはだける。

「なんだ、色っぽくないな。Tシャツ着てるの？」

ぶつくさ言いながら、今度岸本は僕のベルトをはずそうとする。

「やめてくださいっ」

まさか。いや、もしや、か。予想したくもない展開を予想し、叫んだ僕を見下ろすと、岸本はにたりと笑い、予想どおりの言葉を口にした。

「犯された、とか聞いちゃうとさ、犯してみたくなるよね」

「よせっ」

尚もスラックスを脱がせようとするのを、足をばたつかせて抵抗する。

「あー、もう、めんどくさいな」

どうやら岸本は諦めてくれたらしく、すぐさま立ち上がった。よかった、と安堵の息を吐いたのも束《つか》の間《ま》、彼がテーブルに向かい、その上から取り上げたものを手に戻ってきたのを見て、恐怖を覚え僕は思わず悲鳴を上げてしまっていた。

「やめろっ」

「大丈夫だよ。覚醒剤とかじゃない。さすがにシャブは高価で手が出ないからね。これは合法ドラッグ。性的快感がめちゃめちゃ増幅されるんだ。飲むより打ったほうが効くのが速いのさ」

ふらふらしながら岸本が僕に近づき、腕を摑む。

「やめてくださいっ」

怖い——今まで得たことのない恐怖に、今僕は襲われていた。

「死にゃしないよ」

大丈夫、とへらへら笑いながら岸本が、消毒もせずに注射針を僕の腕に突き刺す。

「痛っ」

悲鳴を上げている間に岸本が、ぐっと注射針を押し込み、液体を僕の血管に注入した。

「うっ」

一気に心拍数が上がり、目の前が暗くなる。

「そうだ、大麻も吸わせてあげよう。ダブルで気持ちよくなったら天国見られるかも」

僕の腕から注射針を引き抜くと、また岸本がふらふらしながらテーブルに戻り、灰皿の上に置いてあった煙草《たばこ》のようなものを咥《くわ》えて火をつけた。

その光景を見ている間も僕の鼓動は上がりまくり、息苦しさに見舞われる。

「ほら、吸ってみな」

煙草を咥えさせられ、鼻を塞《ふさ》がれる。息をするには吸い込むしかなく、大きく吸い込んだところで噎《む》せてしまった。

「カーペットに穴、開けないでよ」

吐き出した煙草を取り上げ、またも咥えさせられそうになる。

気持ちは悪く、頭は痛く、そして心臓が口から飛び出しそうなほど鼓動は速まっていた。

全身から汗が噴き出し、身体のどこもかしこも熱くてたまらない。

一番熱を孕んでいるのは性器で、いつの間にか勃起していたそれは射精を求め痛いくらいに張り詰めていた。

「はは、気持ちいいだろ？　さあ、もっと気持ちいいこと、しようか」

遠いところで岸本のにやついた声が響いている。

熱い手が伸びてきて、僕の雄を握った。

「やめ……っ」

いきなり扱《しご》き上げられ、達しそうになる。

こんなわけのわからない状況で、こんな男の手にかかり、射精などしたくない。

「いやだーっ」

堪《たま》らず叫んだそのとき、バタン、と勢いよくドアが開く音がし、誰かが駆け込んでくる気配がした。

「何をしてるっ」

叫んだのが誰か――聞き覚えがあるようなないような声だ、と思ったのを最後に意識が遠のいていく。

「大丈夫ですかっ」

誰かに肩を揺さぶられた気もしたが、確かめる余裕はなく、暗闇に落ち込むように意識は沈んでいった。

――が、身体の感覚は、怖いぐらいに冴えていた。

どくんどくんと鼓動が高鳴り、触れられたところすべてを熱く感じる。

「あっ」

誰かが僕を抱き上げた、その人物の衣服が肌に擦《こす》れる感触すら、快感を覚えるものでしかなく、堪らず唇を嚙んで射精を堪える。

「大丈夫ですかっ」

僕を心底心配している様子の声。誰だろう。もしかして桐生？　でも桐生なら『大丈夫ですか』なんて他人行儀な声では呼ばない。

なら誰だ？　僕はこの男に身体を預けていていいのか？　もしかして、危機的状況は続いているんじゃないのか――？

僕の思考力がもったのはここまでだった。

全身を焼く熱が脳に達してしまったのか、何も考えられなくなる。

ただただ身体が熱かった。吐き出しきれない欲望が出口を求めて暴れまくり、口を開くと喘《あえ》いでしまう、そんな状態に追い込まれていく。

いきたい。もう我慢できない。

ああ、こんな状況、つい最近、体験した。

微《かす》かに残る意識の中、閉じた瞼《まぶた》の裏いっぱいに、桐生の端整な顔が浮かぶ。

『仕置きだ』

そう言い、なかなかいかせてくれなかった彼。

「いきたい……っ……ねえ、きりゅう……っ」

幻の彼に向かい手を伸ばす。

「いかせて……っ……いますぐ……っ……きりゅう……っ……きりゅう……っ」

どさ、とベッドに落とされる気配がした。熱い唇が首筋を辿《たど》り、胸まで降りてくる。

「やぁっ」

乳首を噛まれ、びくっと身体が大きく震えた。先走りの液が先端から滴《したた》るのが自分でもわかる。

「胸はいいから……っ……はやく……っ」

ひとつになりたい。その想いのままに僕は両手両脚で彼の——幻の桐生の背にしがみついた。

幻なのになぜ、実体があるような気がするのかはよくわからない。だがほしいのはその『実体』だった。

逞《たくま》しい雄で突いてほしい。一緒にいきたい。一つになりたい。

頭にあるのはその願いのみで、勃《た》ち切った雄を彼の下肢に擦《す》り寄せ挿入をねだる。

「…………」

桐生が何かを言った気がしたが、自身の鼓動の音が大きすぎて、よく聞こえなかった。

「はやく……っ……きりゅ……っ」

叫び、更に腰を突き出す。

つぷ、と彼の指が後ろに挿入されたのがわかった。

「あぁっ」

それだけで僕は歓喜の声を上げながら達し、二人の腹の間に白濁した液を撒《ま》き散らしながら、気を失ってしまったようだった。


「う…………」

悪い夢を見ていた気がする。

なんだか頭がぼんやりしている。そして身体は酷く重い。

一体どうしたことかと僕は目を開き、自分が背後からしっかり抱き締められている状況に気づき、ああ、なんだ、と安堵の息を吐いた。

桐生だ。もう来てくれたんだ。よかった。なんか変な夢を見ちゃってさ。

そう言い、振り返ろうとした僕の脳裏に、一気に記憶が蘇ってくる。

僕は今、大阪にいるはずだった。桐生とは電話をしたが、彼が来るのは『明日』だったはずだ。

何より僕は会社を出たところでもと人事部の岸本に薬品を嗅《か》がされ、意識を奪われて彼の部屋に連れていかれたはずだった。

そこで合法ドラッグを打たれ、大麻を吸わされた。

意識が朦朧《もうろう》とする中、誰かが部屋に飛び込んできた気がしたが、それは単なる夢で、もしや今、僕を抱いているのは――。

ぞっとし、いつしか握り締めてしまっていた僕の身体を抱く手を振り払い、身体を起こす。

背後にいるのは岸本か――だとしたらもう、耐えられない。

今すぐ逃げなければ。嫌悪感から飛び起きた僕の身体を、その腕が再び抱き締めようとする。

「離せっ」

叫んだ僕の耳に、聞き覚えのある男の声が響いた。

「長瀬さん、大丈夫ですか?」

「……え……?」

まさか――この声の主は。

「気分はどうですか? 吐きたいとか、ありますか?」

心底心配している様子の声音は、やはり聞き違いなどではないとしか思えず、肩越しのその声の主を振り返る。

「…………あ…………」

やはり――。

予想通りの男の顔がそこにはあった。

「大丈夫ですか？」

僕の身体を――裸体をきつく抱き締め、顔を覗き込んできたのは――。

橘だった。

彼もまた全裸であることに動揺しながらも僕は、彼を振り返り状況を尋ねようとした。

「な、なんでこんな……」

「長瀬さんがなかなか帰ってこないので心配になって電話したんです。でも応対に出なくて――それで仕方なく、父に力を借りたんです。父は仕事上、警察に顔がきくから。それであなたの携帯をGPSで探してもらって、あの岸本の部屋に辿り着いたんです」

「そ、そうなんだ………」

頭がまったく働かず、橘の話がまるで理解できない。

何より理解できないのは、僕も橘も裸でいることで、と振り返り、顔を見上げた僕に橘は何か言いかけたあと、改めて僕を抱き締めてきた。

「……え……？」

「すみません。あなたが苦しそうにしていたので、僕は……」

「…………え………？」

わけがわからない。が、この状況は——？

「あなたは薬で意識が朦朧としていた。僕を誰か他の人だと——恋人だと思い込んでいるようだったので、僕は、その……」

「…………」

橘が恥ずかしそうに顔を伏せる。

僕は何を言えばいいのか、まるで言葉を持ち得なかった。

「長瀬さん、ええと、その……」

黙り込んだ僕の顔を覗き込み、橘が問いかけてくる。

「やっぱり長瀬さんは、その、ゲイで……『桐生』というのがあなたの恋人の名前なんですか？」

「……っ」

ここで桐生の名を出され、僕は自分が夢だと思っていた出来事がすべて、現実だったのかという、それこそ『現実』に打ちのめされそうになっていた。

「すみません、僕は……」

橘が何か、言い訳のような言葉を告げていたけれど、僕の耳には彼の言葉は一つも入ってこなかった。

どうしよう——僕は。僕は、橘に。

抱かれてしまったのだろうか。

「た、橘君……」

確かめなければ。でも怖い。でも確かめなければ。

本来なら、危機的状況から救い出してくれたことへの礼を述べるとか、岸本はどうなったのかとか、自分がすべきことは他にあったにもかかわらず、僕は最も気になるそのことを橘に問いかけた。

「なんです？」

「僕は……君に……」

抱かれたのか。

だが実際確かめようとすると、その言葉を口にはできず、俯いた僕は、橘にきつく抱き締められ、はっとし彼を見やった。

「橘君？」

「……大丈夫です。何があろうが、あなたは僕が守ります。たとえ憎い相手でしかなかった父親に頭を下げたとしても、僕が必ず……っ」

「………橘……くん……」

思いもかけない激白に、頭の中が真っ白になる。

果たして僕は橘に抱かれたのか、それとも抱かれなかったのか。

確かめる勇気を奮い起こそうとしてもできずにいた僕の脳裏にはそのとき、明日、大阪を訪れると告げていた桐生の顔が——誰より愛《いと》しく思うがゆえに、もし過ちを犯してしまっていた場合、どういうリアクションをとるのかが酷く気になる恋人の顔が浮かんでいた。

to be continued

マスカレード

「いらっしゃい。あれ？　一人？　九条《くじょう》は？」

隠れ家風の喫茶店は、以前、九条准教授に連れてきてもらった場所だった。

「ここならいるかと思って」

そう言った俺を見て、九条の友人と思《おぼ》しきマスターが「へえ」と興味深げな顔になる。

「もしかして、付き合い始めたの？」

「ないよ。それは」

言い捨てると、

「口の利き方知らないガキが」

マスターもまたそう言い捨て、オーダーもとらずにカウンターの中に戻っていった。

「すみません、ブレンド」

「申し訳ないけどここは会員制でね。誰でも勝手に入れるわけじゃないんだよね」

冷たく言い放たれ、むっとはしたが、九条がいない時点で長居する気はなかったので立ち上がる。

「わかりました、帰ります」

「ちょっと待てよ。なにその引き際」

帰れと言われたから帰ろうとしたのに、引き留めてくるマスターに俺は思わず笑ってしまった。

「だって帰れって仰《おつしや》ったじゃないですか」

さっきタメ口を注意されたのでそこは改める。

「君は勘の良い子だねえ」

マスターは感心したようにそう言うと、

「ブレンドね」

と書いた伝票をテーブルに置き、コーヒーを淹《い》れ始めた。

『会員制』のこの店の『会員』になれたということだろうか。なりたいかと問われたら素直に頷《うなず》けないものもあるが、と思っていたそのとき、ドアが開く音と共に、待ち侘《わ》びていた男が姿を現した。

「あれ、長瀬《ながせ》君じゃない。どうしたの？　僕を待ち伏せていたの？」

「……別にそういうわけじゃ……」

言いながら俺は、この『嘘』は見抜かれるなと覚悟していた。

「そうなの？」

彼が――九条が、余裕の笑みを浮かべ近づいてくる。

「マスターにちゃんとオーダー取ってもらったんだ。凄《すご》いじゃない」

テーブルの上の伝票を見て九条が笑う。

「僕は勘の良い子が好きなんだよ」

お前もブレンドだろ？　とマスターが九条に問いかけ、九条が頷く。

「確かに長瀬君は勘が良いよね。社会人とのかかわりが多いせいかな？」

九条が訳知り顔で問いかけてくる。どうせ彼のシンパの加藤《かとう》からでも聞いたんだろう、と俺は肩を竦《すく》めてみせた。

「別に、芸能界には興味ないですよ。二足のわらじでなれるほど、医者は甘くないと思ってますし」

「芸能界ってスカウトでもされてるの？　この子が？　へえ」

マスターが心底馬鹿にした口調でそう、口を挟んでくる。

「悪いけど、随分前にスカウトされて断ってるんです」

一応敬語を心がけつつ返すと、マスターは懲《こ》りもせずに、

「へー、芸能界っちゅうのも趣味悪いんやなあ」

と嘘くさい関西弁で尚も俺をからかい続けた。

「マスター、コーヒー、まだ？」

そこに助け船を出してくれたのは九条だった。相談事があるのなら聞こうというスタンスのようだ。

「ドラマ、出るんだって？　それで単位が危ないの？」

だが彼の想定した『相談ごと』は実際とは違っていた。

「さすがに単位のお願いには来ませんよ」

馬鹿にされたもんだなと思いつつ吐き捨てると、

「だよね」

九条がにっと笑い、俺の目を覗《のぞ》き込んできた。

「恋愛相談だろう？　君が僕をこうして待ち受けていたその理由は」

「恋愛相談っていうか……まあ、そうなるのかな……」

どちらかというと『ゲイ』の恋愛相談なのだが、と思いながら俺は口を開いた。

「同居を解消されたってことは、関係が継続していないってことでしょうかね」

「……ごめん、意味がわからないんだけど、君はケーススタディを聞きたいんだね」

それならその『ケース』を詳しく話してくれと言われ、俺は問題のない範囲で詳細を語り始めた。

「同居していた恋人同士が、転勤を理由に別居状態になったんですが、再び東京に戻ってきたのに同居をしない。これは破局ってことでしょうかね？」

「普通、そうだろ」

最初に答えたのは九条ではなくマスターだった。

「事情によるんじゃない？」

九条の意見は、まさに『適当』というもので、そういう言葉を聞きたいわけじゃないのだ、と俺は彼を睨《にら》んだ。

「どうしたの？」

「同居を解消されたほうは、親しい人に引っ越しを手伝ってもらっているときにも気持ちが全く入っていない状態だった。やっぱりこれは『別れた』んですよね？」

九条も一応目上の人間だ。『一応』どころか准教授だ。単位をもらえなければ医師になれないのだから、と敬意を払っていたというのに、九条はどこまでも無礼だった。

「君が期待している答えを与える役目を果たしてほしいのかい？　だとしたら無駄だよ。君が『一般的なゲイ』の心理を聞いているのなら答えもするけどね」

「そういうわけじゃ……」

反論しかけ、すべてはお見通しか、と天井を仰いだ。

「質問を変えます。『別れた』可能性はどのくらいありますか？」

「そうだな……」

ようやく九条は俺の質問に答えてくれる気になったようだ。口元に指を当て考え始めた彼を俺は、思わずじっと見つめた。

本当に整った顔をしている。加藤をはじめ、女子学生のハートを鷲摑《わしづか》みにしているのがよくわかるイケメンだ。

しかし彼はゲイなのだ。ゲイばれしたあともまるで気にすることなくそれまでどおりに過ごしている。

いや、『それまでどおり』ではない。ゲイばれの噂が広まってから彼は俺にコンタクトをとってきた。

俺がゲイを嫌いだという噂を聞いたかららしい。わざわざそういう学生を選んで声をかけてくるあたり、物好きとしかいいようがないが、その後も俺は何度か彼と共にお茶をしたり、時には食事に誘ってもらったりしていた。

誘いに乗ることもあれば断ることもあった。最近断っていたのは、同級生に釘を刺されたからだ。

『興味本位で近づかないほうがいいよ』

俺に声をかけてきたのは、九条准教授がゲイばれした原因となった学生らしかった。

彼はおそらく、九条に振られたんじゃないかと思う。その腹いせにゲイバーで見たことをバラしたのではという噂だったが、俺はおおむねその噂を信じていた。

バラした結果、その学生が得たものはない。九条が失ったものもない。それが面白くなかったんだろうなと推察はできたが、巻き込まれるのは面白くなかった。

『近づいていないから』

言いがかりはやめてくれ。そういった当日、九条から誘われた。

『興味ないですから』

『興味本位』といわれた意趣返しに――その学生じゃなく九条に『返し』てどうするという気もしたが――そう告げ、それから数回誘いを断った。

それだけに、相談したいことができた今となって、九条に声をかけるのを躊躇《ためら》い、こうして待ち伏せするという手に出たのだ。そこまでしたのだから『答え』は欲しい、と息を詰めていた俺の前で、九条が首を横に振った。

「確率を出すことに意味はあるのかな？　君が知りたいのは『事実』だろ？」

「……まあ、そうですけど」

仰るとおり。頷いた俺の顔を九条が覗き込んでくる。

「じゃあ、直接聞くしかない」

「それができれば苦労はありませんよ」

なぜ、断り続けた結果、誘いづらい状況だったにもかかわらず、こうして待ち伏せしたと思っているんだ。思わず口を尖《とが》らせた俺の顔をじっと見つめながら、九条が問いかけてくる。

「どうして本人に聞けない？」

「だって別れていたら気の毒じゃないですか」

建前を答えた俺の前に、薫《かお》り高いコーヒーが置かれた。

「嘘つき」

ふふ、とマスターが笑い、もう一つのコーヒーを九条の前に置く。

「前から言ってるけどさ、会話にちょいちょい入ってこないでくれる？　この店はプライバシーってもんがないのかよ」

九条が不満げにマスターを睨んだが、マスターは少しも負けてはいなかった。

「内緒話がしたいなら、自分の家に連れ込めって話よ」

「まあ、そうだ」

マスターの言葉にすぐさま九条は同意すると、

「実は僕も『嘘つき』と思ったよ」

と俺に笑いかけてきた。

「嘘じゃないですよ」

そう、嘘じゃない。俺は続く九条の指摘を聞くまで、そう思い込んでいた。

「いや、嘘だね。君はその『気の毒』な相手を抱き締め、慰めたいと願っている。だが果たしてその場面になった場合、本当に抱き締めていいものか躊躇《ちゅうちょ》している——そんなところじゃないか？」

「医学部っていうより、心理学部の准教授って感じだな」

言葉を失う俺のかわりに、またもマスターが茶々を入れたあとに、今度は俺に問いかけてきた。

「で、その躊躇の理由は？　別に躊躇うことなんてないだろ？　その相手が好きなら尚更」

「そういう単純な話じゃないんです」

売り言葉に買い言葉。言ってから、しまった、と口を閉ざしたが、一度口から出てしまった言葉は修正などできるはずもなかった。

何か突っ込まれるか。その場合、どう応酬しようか。緊張感に包まれながら、まず九条を、続いてマスターを見る。

「複雑、上等」

我ながら失礼な対応だと思ったため、てっきり突っ込んでくると思ったマスターはそれだけ言うとカウンターへと戻っていった。

怒ったのかな、と見るとはなしに彼の動きを目で追っていた俺と、カウンターの内側に入ってからマスターは目を合わせ、ニッと笑ってみせた。

「まあ頑張って。自分の『本意』を見つけることが課題なんじゃないの？」

「…………それは…………」

そうかも。頷いた俺を見てマスターが笑う。

「素直な子だね」

「いや、相当屈折してるよ」

それに答えたのは俺じゃなく九条だった。

「そう？」

マスターが不思議そうに問いかける。

「…………」

別に屈折してはいないと思うが。俺もまた首を傾《かし》げ九条を見やったのだが、そんな俺を真《ま》っ直《す》ぐに見返した九条が、パチ、とウインクをして寄越した。

「な……っ」

「屈折しているからこそ、決して自分が望むような言葉を告げないであろう僕に、話を聞きに来たんだろう？」

魅惑的すぎるウインクに思わず息を呑《の》んだ俺だったが、九条の言葉が更に俺から声を奪っていた。

確かに――彼の言うことは正しい。かもしれない。

だが、決して俺の望むような発言をしない彼だからこそ、『お前の考えは正しい』と言われたらその答えをこの上なく信じることができる。俺はその『この上なく信じられる』答えを求めて来たのかもしれない。

「君にアドバイスできることはただ一つ。答えを決めている状態でアドバイスを求めても無駄、ということだけだ」

そう言うと九条は手を伸ばし、ぽんと俺の肩を叩いた。

「さっきの質問だけど、別れたか別れないかは本人に聞かない限り答えは得られないよ」

「そうですよね。ありがとうございました」

わかりきっていたことを告げられた。それだけだというのに、なぜだか俺の心は酷く軽くなっていた。

明日にでも兄を——秀一《しゅういち》を訪ねてみよう。ちょうどいいタイミングで、秀一の勤務先に近い場所でロケが行われている。彼を誘うのにはもってこいだ。そこで聞けばいいのだ。桐生と別れたのかどうかを。

もし『別れた』というのが答えだったら、いくらでもやけ酒に付き合おう。よし、と心の中で拳《こぶし》を握り立ち上がった俺は、不意に九条から手を摑まれ、はっとして彼を見やった。

「あの？」

「おごってあげる」

伝票は置いていきなさい、と微笑《ほほえ》まれ、どうしようかなと一瞬迷いはしたものの、ありがたく年長者の申し出を受けることにした。

「ご馳走様です」

それでは、と頭を下げ店を出ようとした俺の背に、九条の楽しげな声が刺さる。

「アテが外れたらまたいらっしゃい。胸くらい貸してあげるよ」

「遠慮しておきます」

怖いから、と笑ってドアを開こうとした俺に、九条が尚も声をかけてくる。

「君は屈折しているからね。きっと『遠慮』はしないと思うよ」

「……学生口説《くど》くの、ヤバくないですか」

振り返りそう告げると九条は、

「確かにヤバい」

とウインクして寄越した。

パチ。

かなり距離はあるというのに長すぎる睫《まつげ》が瞬《しばたた》く音が聞こえる気がし、どきり、と胸が高鳴る。

なんなんだよ、この胸の高鳴りは——戸惑いながらも俺は、明日、いかにして秀一に恋人と別れたか否かを聞こうかと考えを巡らせていた。

別れていたら秀一を慰め、別れていなかったら俺が誰かに慰めてもらえばいい。

『誰か』といいつつ、慰めが欲しくて向かう場所はこの『会員制』らしい喫茶店になりそうだと、店内を見渡す。

「またおいで」

微笑む九条に、会釈を返し店を出た俺の胸には、自分自身にも説明しがたい安心感が溢《あふ》れ、必要以上に俺を動揺させていた。

あとがき

はじめまして&こんにちは。愁堂れなです。

このたびは五十二冊目のルチル文庫となりました『prelude　前奏曲』をお手に取ってくださり、どうもありがとうございました。

unisonシリーズも十一冊目を迎えることができました。これもシリーズを応援してくださる皆様のおかげです。本当にどうもありがとうございます！

運良く東京に戻ることができた長瀬。異動先の内部監査部では一癖も二癖もある上司と後輩に戸惑い、桐生との関係でも言葉にできない不安を抱いていたところ、またも受難が彼の身に降りかかり——という展開となりましたが、いかがでしたでしょうか。

皆様に少しでも気に入っていただけましたら、これほど嬉しいことはありません。

今回も超素敵な萌え萌えのイラストを描いてくださった水名瀬雅良先生、いつもながらのかっこいい桐生と綺麗な長瀬を、そして新キャラの橘を、本当にどうもありがとうございました！

橘、かっこ可愛いです！　久々に滝来も拝見できてとても嬉しかったです。お忙しい中、素晴らしいイラストをありがとうございました。

また、毎度大変お世話になっております担当様をはじめ、本書発行に携わってくださいましたすべての皆様に、この場をお借り致しまして心より御礼申し上げます。

最後に何よりこの本をお手に取ってくださいました皆様に御礼申し上げます。今回気になるところで『続く』となっていますが、次巻はまた来年、発行していただけると思いますのでどうぞお楽しみに。

お読みになられたご感想をお聞かせいただけると嬉しいです。何卒宜しくお願い申し上げます。

次のルチル文庫様でのお仕事は、七月に『ＪＫシリーズ（スナイパーシリーズ）』の新刊を発行していただける予定です。

よろしかったらこちらもどうぞお手に取ってみてくださいね。

また皆様にお会いできますことを、切にお祈りしています。

平成二十六年五月吉日

愁堂れな

（公式サイト『シャインズ』http://www.r-shuhdoh.com/）

✦初出　prelude 前奏曲……………書き下ろし
マスカレード…………………書き下ろし

愁堂れな先生、水名瀬雅良先生へのお便り、本作品に関するご意見、ご感想などは
〒151-0051 東京都渋谷区千駄ヶ谷 4-9-7
幻冬舎コミックス　ルチル文庫「prelude 前奏曲」係まで。

幻冬舎ルチル文庫

prelude 前奏曲

2014年6月20日　　第1刷発行

✦著者	愁堂れな　しゅうどう れな
✦発行人	伊藤嘉彦
✦発行元	株式会社 幻冬舎コミックス 〒151-0051 東京都渋谷区千駄ヶ谷 4-9-7 電話 03(5411)6431［編集］
✦発売元	株式会社 幻冬舎 〒151-0051 東京都渋谷区千駄ヶ谷 4-9-7 電話 03(5411)6222［営業］ 振替 00120-8-767643
✦印刷・製本所	中央精版印刷株式会社

✦検印廃止

ISBN978-4-344-83156-8　C0193　Printed in Japan